성옥분 수필집

내 삶의 색깔

성옥분 수필집

내 삶의 색깔

한누리미디어

내
삶
의
색깔

| 수필집을 내면서 |

인생의 노을 앞에 서서
시간의 촉박함을 몸으로 느끼며
내 삶의 색깔들을 모았습니다.

가족들의 진솔한 마음의 소리, 영혼과 느낌과 감동을 모았습니다.
편편마다 부끄러움 접어두고 이 글을 선보입니다.
표지를 그려준 외손녀 이은결에게 고마움을 전하며,
부처님께 지극한 마음으로 감사드립니다.

2025년 동지날에

성 옥 분

5부 _ 꽃밭

제 **1** 부

우리 집 난

⋮

미루나무

내 고향 여주 어릴 적 살던 시골집.

뒤뜰 언덕에는 하늘을 찌를 듯한 미루나무가 서 있었다.

미루나무 왼쪽 옆으로 대추나무가 예닐곱 그루가 나란히 서 있었고, 오른쪽 옆으로는 큰 살구나무와 복숭아나무와 배나무가 있었다.

그 앞으로는 장독대가 있었고 장독대 옆에는 연분홍색 매화나무와 해당화가 있었다. 장독대 밑으로 작은 옹달샘이 있어 맑은 물이 졸졸 흘러내렸다.

봄이 되면 미루나무에 싹이 돋아났고 바람이 불면 그 작은 나뭇잎이 햇빛에 반짝이며 살랑거린다. 마치 처음 걸음마를 배우는 아가들이 아장아장 걷는 모습 같다는 생각을 했었다. 나뭇잎이 무성해지면 까치 내외가 작은 나뭇가지를 물어와 둥지를 만들어 새 보금자리를 꾸몄다.

아마도 알콩달콩 사랑을 하면서 새 식구를 맞이할 꿈을 꾸었을 것이다.

음력 삼월 하순경이 되면 미루나무에 꽃이 핀다.

장독대 옆에 있는 매화나무도 꽃봉오리를 맺고 물방울이 매달리듯이 가지마다 방울방울 꽃을 피운다.

살구꽃도 피고 복사꽃, 배꽃 모두가 뒤뜰에서 꽃 잔치를 연다.

어머니는 우리 칠 남매에 옷을 손수 만들어 입히셨다.

어머니의 재봉틀은 뒷방에 있었다. 방문을 열고 뒤뜰을 내다보시면서 재봉틀의 발판을 누르시면 재봉틀 돌아가는 소리가 요란하고 시끄러웠다.

그래도 예쁜 옷을 입을 수 있다는 기대감에 참고 기다렸다.

지금도 뒷방에서 재봉틀 돌리시던 어머니의 모습이 아련히 그리움으로 남아있다.

여느 꽃도 마찬가지지만 특히 미루나무 꽃이 지고 떨어지면 나무 밑이 매우 지저분했다. 또 새들이 쪼아 먹다 남은 벌레들의 부스러기와 새똥들이 많이 떨어져 있어 어린 나는 그곳이 더럽다고 느낄 때가 있었다. 하지만 가끔 까치가 앞 지붕에 와서 깍 깍 깍 울어델 때면 서울에서 오빠나 언니가 올 것 같아 설레기도 했다.

우리 동네에는 잔잔하게 흐르는 개울이 있었다. 맑은 물밑으로 고운 은모래가 깔려있고, 일급수에만 사는 피라미, 불거지, 모래무지 등의 물고기들이 서식하고 있었다. 개울둑에는 쭉쭉 뻗은

여느 꽃도 마찬가지지만
특히 미루나무 꽃이 지고 떨어지면 나무 밑이 매우 지저분했다.
또 새들이 쪼아 먹다 남은 벌레들의 부스러기와 새똥들이 많이 떨어져 있어
어린 나는 그곳이 더럽다고 느낄 때가 있었다.

미루나무가 줄지어 있어서 여름철에 논밭에서 일하시던 어른들이 땀을 식히려고 개울에서 등목도 하시고 미루나무 그늘 밑에서 낮잠을 주무시기도 했다.

그러던 어느 날, 우리 집 뒤뜰에 있는 미루나무가 너무 커서 폭풍이 불면 쓰러지면서 집을 덮칠지 모른다고, 베어버리기로 했다.

우리 집 일꾼 윤조 김 서방이 나무를 베었다. 얼마나 컸던지 까치집에서만 나온 나뭇가지가 발채로 한 가득이나 되었다. 그루터기 지름이 어린 내 기억으로 일 미터나 된 것 같았다. 굵은 나무의 허리는 수많은 나이테로 아름다운 무늬를 자랑하고 있었지만 어린 나에게는 큰 슬픔이었다.

그 이듬해 나무 밑에서 버섯이 돋아났는데 대나무 소쿠리로 한 가득이나 되었다. 아마도 미루나무의 분신(分身)이었나 보다.

몇십 년이 지난 지금도 잊혀지지 않는 그리움을 남긴, 내 고향의 미루나무….

어머니, 아버지와 함께 우리 형제들은 미루나무와 같이 올곧게 성장하면서 풍성한 나뭇잎처럼 행복한 유년기를 보냈다.

우리 집 난(蘭)

우리 집에는 동양란 세 그루가 있다. 애지중지 키우고 있다.

그것은 내 남편 진 거사가 정년퇴직할 때 학교 선생님으로부터 받아온 것이다. 원래는 네 그루였는데 어느 땐가 한 그루는 관리 부족이었는지 죽어 버렸다. 이른 봄이 되면 난분마다 서너 촉이 마치 엄마의 품속을 헤치고 나오듯이 뾰죽 올라온다.

매년 유월 초순이 되면 어김없이 가느다란 꽃대와 붓처럼 가늘고 뾰족한 일곱 개의 꽃봉오리를 볼 수 있었다. 연거자색이라고 할까, 하루가 지나고 또 하루가 지나면 꽃잎이 벌어지면서 다소곳이 머리 숙여 자기 속내를 보이지 않고 피어난다. 나는 그 고고한 자태와 난의 향기에 매료되어 나도 같이 머리 숙인다.

예전에는 우리 집에 난이 한 백 그루 가까이 있었다. 남편이 난을 좋아해서 사오기도 하고 때론 채집도 해 왔다. 우리 내외는 난

을 잘 키우기 위해 동양란의 첫걸음, 한국란의 종류와 재배, 동양
란과 서양란에 대한 책을 구입해서 공부를 했다. 봄에는 춘란이
꽃을 피우는데 한란, 보세란, 민춘란, 풍란, 소심, 철골 등 여러
종류의 난들이 있었다. 난 화분에 꽃 이름을 써서 꽂아놓았다. 난
걸이를 구입해서 이중 삼중으로 분(盆)들을 올려놓았다.

햇볕이 잘 들고 통풍이 잘 되는 거실 한 편을 난실로 꾸몄다. 용
토도 크기별로 있었고 난과 분이 조화를 이루도록 여러 조류의
난분이 있었다.

사람마다 이름이 있고 각각 인격이 있듯이 난도 기품과 향기가
있다.

여기서 난에서 향기를 살펴보면, 소심란(素心蘭)은 동양란으로
유연하고 난에서 독특한 맑은 난(蘭) 향기가 난다.

봄에는 춘란이 꽃을 피우는데
한란, 보세란, 민춘란, 풍란, 소심, 철골 등 여러 종류의 난들이 있었다.
난 화분에 꽃 이름을 써서 꽂아놓았다.
난걸이를 구입해서 이중 삼중으로 분(盆)들을 올려놓았다.

보세란(報歲蘭)은 달콤한 분 냄새가 나며 청향이라고는 할 수 없지만 선정적인 향기 같기도 하다.

춘란(春蘭)은 유연한 청향을 뿜는다. 2000년 전 공자가 고향으로 돌아가는 도중 우곡이란 계곡에서 꽃과 향기에 취해서 깨달았다는 춘란은 정숙하고 품위 있는 부인의 몸에서 풍기는 체취와도 같다고 한다.

사란(絲蘭)은 이른 새벽부터 가장 먼저 향기를 뿜으며 맑은 향기 때문에 잠을 깨서 한때를 이 청향 속에 잠긴다고 한다.

한란(寒蘭)은 동양란 중 가장 은은하고 풍요하고 윤기 있는 청향으로 가슴 속을 시원하게 씻어준다고 한다.

춘한란(春寒蘭)은 맑고 청량한 향기가 사람의 심혼(心魂)을 매혹시킨다.

풍란을 심을 때 얕고 넓은 수반에 용토를 깔고 울퉁불퉁한 돌

을 올려놓고 이끼를 깔고 숯을 크기로 세우고는 그 이끼 위에 풍
란을 올려놓고 돌과 숯 사이를 실로 묶는 작업을 하면서 남편과
나는 머리를 부딪치면서 잘 잡으라고 소리치면서 풍란을 심었
다. 그리고 수시로 물을 뿌려주고 정성을 다하였는데도 꽃은 한
번도 피워보지 못했다.

그 많은 화분에 물을 주려면 불편이 따른다. 짜증도 난다. 그렇
지만 길고 붓끝같이 가늘고 뾰족한 잎과 꽃향기에 매료될 때는
매우 행복하다.

온 집안 식구가 다 함께 즐긴다. 집에 있는 시간은 주로 난 곁에
서 지낸다.

난은 주인의 발소리를 듣고 자란다. 난과 이야기도 한다. 클래
식 음악도 들려준다. 그때는 다른 꽃 화분은 하나도 없었다. 또
시시해 보였다.

그 많은 화분에 물을 주려면 불편이 따른다.
짜증도 난다. 그렇지만 길고 붓끝같이 가늘고
뾰족한 잎과 꽃향기에 매료될 때는 매우 행복하다.

이제 남편은 이 세상에 없다. 여왕의 계절 오월에 우리 가족 곁을 떠났다.

그러나 난은 지금도 변함없이 유월이면 꽃을 피운다.

이제 여섯 개의 꽃잎은 떨어지고 한 송이 꽃만 남았다.

모란이 피기까지는

나는 아직 나의 봄을 기둘리고 있을 테요

모란이 뚝뚝 떨어져 버린 날

나는 비로소 봄을 여읜 설움에 잠길 테요

오월 어느 날 그 하루 무덥던 날

떨어져 누운 꽃잎마저 시들어 버리고는

천지에 모란은 자취도 없어지고

뻗쳐 오르던 내 보람 서운케 무너졌으니

모란이 지고 말면 그뿐 내 한 해는 다 가고 말아

삼백예순 날 하냥 섭섭해 우옵네다

모란이 피기까지는

나는 아직 기둘리고 있을 테요 찬란한 슬픔의 봄을

– 김영랑의 〈모란이 피기까지는〉 전문

김영랑의 시 '모란이 피기까지는'을 읊어본다.

내년에도 우리 집 난은 꽃을 피울 것이며, 나는 남편을 그리워하며 난 꽃이 피기를 기다리고 있을 것이다.

봄비 내리는 숲길

그 날의 초록빛
봄비가 내리던 날이었다.
잎이 다 펼쳐진 나무들이 일제히 초록의 입김을
뿜어내듯 숲은 연둣빛 안개로 가득했다.

우리는 우산도 없이 그 속을 걸었다.
아무도 없는 숲길 자연의 품속에 안기듯
말없이 걷기만 해도 좋았다.
뻐꾸기 한 마리가 노래를 시작했다.
단조로운 빗소리에 고운 음 하나가 얹히자
뻐꾹뻐꾹의 노래, 왈츠로 들렸다.
뻐꾹 노래에 맞춰 우리는 왈츠 걸음으로 걸었다.

나는 문득 친구를 돌아보았다. 그도 나를 보았다.
말은 없었다. 하지만 모든 걸 말할 듯 그런 순간이었다.
옷소매가 젖는 것도 잊었다.
발등으로 스며드는 물기조차 낭만이었다.
우리는 걷고 또 걸었다.

이토록 낭만에 젖은 하루가 또 있을까!
말이 필요 없는 오직 마음으로 통하는 날이었다.

지금도 그 날을 기억한다.
잎이 웃던 숲길과 뻐꾸기 노래에 실려
우리의 웃음도 바람에 섞이던, 아마도 그날

우리는 봄 그 자체였음을….

아름다운 섬 발리

비행기를 탈 때부터 뜻하지 않은 행운이 따랐다.

하나투어 직원은 같이 여행할 인원이 부족하여 가이드가 동행할 수 없다며 죄송하다는 뜻으로 VIP석을 마련해 주었다.

인도네시아 자카르타 공항에 도착하니 어둑어둑했다.

우리 일행은 현지 가이드를 만나지 못해 우왕좌왕하다 일행 중에 영어 선생님이 계셔서 가이드를 만날 수 있었다. 오십대 중반인 우리를 보자 의아한 표정이었다. 알고 보니 신혼부부 두 쌍이 오는 줄 알았단다.

가이드는 20대 아가씨였다. 날씬하고 우아해 보였다. 중학교 교사였는데 수입이 더 많은 관광 가이드로 직업을 바꾸었단다. 그녀는 우리가 머물 숙소인 물리아 리조트 오성급 호텔로 안내했다.

밤이었지만 주위 환경이 아름답고 고급스러웠다.

발리섬은 기후가 연중 20℃에서 30℃이다. 따라서 4월부터 9월까지 건기, 10월부터 이듬해 3월까지 우기여서 7월인 우리에겐 딱 좋은 기온이었다.

물리아 호텔은 인도양 바다 근처에 있었다. 다음날 아침 호텔에서 내려다보니 에메랄드빛 수평선 바다가 보이고 야외 수영장도 있었다. 옥빛 물속에서 유럽인들이 어린 자녀들과 물놀이하는 모습이 행복해 보였다.

우리 아이들을 데리고 와야겠다는 간절한 생각을 하며, 우리 일행도 수영복으로 갈아입고 챙 넓은 모자와 선글라스를 쓰고 멋진 포즈로 사진을 찍었다. 수영장 앞 모래톱에 큰 타올을 깔아 놓은 침대 같은 의자가 여러 개 놓여 있었다. 남편과 나란히 누워 하늘을 보며 흰 구름 너머 일곱 빛 무지개가 아롱거리는, 마치 신혼여행 온 기분이었다.

하루에 세 번씩 야자 잎을 엮어서
작은 불기를 만들어 예쁜 꽃잎을 담아 제물로 바친다.
우리 일행도 허리에 노란 띠를 매고 참배하며
아름다운 추억이 담긴 여행이 되어달라고 신께 빌었다.

둘째 날, 가는 곳마다 사원이 있었다. 하루에 세 번씩 야자 잎을 엮어서 작은 불기를 만들어 예쁜 꽃잎을 담아 제물로 바친다. 우리 일행도 허리에 노란 띠를 매고 참배하며 아름다운 추억이 담긴 여행이 되어달라고 신께 빌었다.

다음 코스는 발리에서 인사동으로 불리는 예술의 도시 우붓으로 갔다.

월더스피스가 살던 전통가옥을 비롯하여 우붓은 볼거리가 많았다. 월더스피스는 유럽인으로 발리 예술에 큰 영향을 주었다고 한다. 우붓이 예술의 마을이라고 불려진 것도 우붓의 전통 무용인 케착 댄스나 바롱 댄스를 즐길 수 있도록 재연출한 것도 월더스피스였다고 한다.

예술의 도시답게 거리에서 그림을 그리는 사람을 종종 볼 수 있었다. 우붓 마을 중심에 위치한 재래시장에서 밀짚모자, 태술

가방 등 발리에 이국적인 느낌을 담은 수공예 기념품을 구경하며 선물도 샀다.

우붓 마을에 가장 번화한 메인거리인 몽키 프레스트 남쪽 끝에 자리한 원숭이 공원은 야생 원숭이 약 600마리가 서식하고 있어 자연 보호 구역으로 원숭이들의 천국이다. 발리에서는 원숭이를 신성시한다. 힌두교 국가라서 모든 사람들이 신을 의지한다.

타나롯 사원을 관광했다. 사원은 아름다운 바닷속의 큰 바위 위에 세워져 있어 그 신비로움에 전 세계에서 많은 관광객이 찾아온다. 힌두교 신자 이외는 사원에 들어갈 수 없었다. 또 타나롯은 발리인에게는 가장 숭배하는 사원이다.

신들이 강림하기에 잘 어울리는 곳이라 하여 사원을 건립했단다. 이 성에는 검은 뱀이 살고 있으며, 오는 악령을 쫓아 버린다고 믿고 있다. 사원 옆에 동굴이 있는데 바다뱀 신이 모셔져 있었신들이 강림하기에 잘 어울리는 곳이라 하여 사원을 건립했단다.
이 성에는 검은 뱀이 살고 있으며, 오는 악령을 쫓아 버린다고 믿고 있다.
사원 옆에 동굴이 있는데 바다뱀 신이 모셔져 있었다.

다. 푸른 바닷물 위에 일몰 광경은 표현할 수 없는 장관이었다.

　셋째 날, 데이크 크로즈 및 선상 뷔페 세계 최고 수준의 잠수정에서 풍부한 해산물 요리를 먹으며 망망대해를 바라보며 삶의 이야기 속에 젖어 있었다. 옆 테이블에 중국 여행객 일행은 큰 접시에 왕새우만 한가득 담아가지고 큰 소리로 떠들며 먹고 있는 모습은 국민성을 보는 듯했다.

　점심 후 선착장에 내려 바나나 보트를 세 명이서 탔다. 남편과 나, 다른 한 사람. 보트는 바다를 한 바퀴 돌아오더니 바다에 쏟아놓았다. 바다에 빠져 죽는 것 같아 벌벌 떨면서 바다에 매어 놓은 동아줄을 붙들었다. 무서우면서도 스릴이 있었다.

　이어서 바닷속 깊이 있는 산호와 열대어를 볼 수 있는 스노쿨링을 처음으로 해 보았다. 바닷물이 출렁거려 잘 보이지 않았다.

그래도 즐겁고 신비스러웠다. 순식간에 해가 서산에 기었다.

노을이 지는 잠자란 비취에서 갓 구워낸 바닷가재와 게, 생선 요리를 와인과 함께 건배하며 하루를 즐기고 호텔에서 와인 한 잔으로 피로를 풀었다.

넷째 날, 저녁에 연극을 보러 갔다.

극장 안에서는 케착 댄스가 한창이었다. 상반신을 벗고 원숭이 군단 역할을 하는 100여 명의 남자들이 개구리 색깔 체크무늬 치마 같은 것으로 하반신을 가리고 등잔불 주위를 둥글게 둘러싸고 케착케착 개구리 울음소리를 내며 춤추는 모습은 소름이 돋을 만큼 박력이 있었다. 한 시간 정도 진행된 케착 댄스는 이국의 정서를 만끽하게 했다.

노을이 지는 잠자란 비취에서 갓 구워낸
바닷가재와 게, 생선 요리를 와인과 함께 건배하며
하루를 즐기고 호텔에서 와인 한잔으로 피로를 풀었다.

마지막 날은 하루종일 자유 여행이다. 우리 남편들은 교직에 몸담고 있어 시골 농촌 학교를 선정하여 바닷가에 있는 초등학교를 방문했다. 학교 주변은 야자수 나무와 바나나 나무로 우거져 아름다웠지만 건물은 초라했다. 주변을 두루 돌아보고 교실 안도 들여다보니 썰렁했다.

학교에서 조금 떨어진 곳에 쓰러질 것 같은 초가집에서 거북이를 키우고 있었다. 관광 상품으로 관광객에게 보여주고 안아 보게 한다. 그렇게 5박6일 동안 신비의 섬 아름다운 발리를 여행하며 마치 신혼여행 다녀온 것 같아 마냥 행복했다.

내
삶
의 색
깔

제 **2** 부

대물린 오동나무 책상

:

구둔역

십 년이면 강산이 변한다는 말이 있다. 그런데 그 강산이 일곱 번이나 변한 어느 봄날 어린 시절 추억이 깃든 기차역을 찾아가 새삼스러운 감회에 젖은 적이 있다.

그게 벌써 십 년이 지난 지금, 서울의 어떤 문학 단체에서 같이 글공부하는 친구가 내게 해 온 말이었다.

서울에서 그리 멀지 않은 양평 어딘가에 중앙선 철로에 요즘 관광 명소로 떠오르고 있는 오래된 간이역 하나가 있다는 말을 들었다며 바람도 쏘일 겸 한 번 가보지 않겠냐는 문학도다운 제의를 해 왔다.

그 말을 들으니 은근히 마음이 쏠려 거기가 어디냐고 물으니 자기도 잘 모르지만 역 이름이 구둔역이라고 했다는 것이었다. 처음에는 기억이 떠오르지 않았지만 자세한 이야기를 듣고 나니 어릴 적 추억이 깃든 그 역이었다.

　며칠 후 우리는 청량리역에서 열차를 타고 용문역에 내려 택시를 타고 목적지에 도착하니 그 역이 놀랍게도 칠십 년 전의 모습을 거의 잃지 않은 채 그대로 남아있는 게 아닌가!

　철도청에서 설치한 안내문을 읽어보니 이 역은 내가 태어나던 1940년에 중앙선, 청량리, 원주 안동, 경주를 잇는 철도로 일제 강점기 물자 공급과 운반을 위해 일본이 설치한 역이었다.

　그 후 노선 변경으로 2012년부터 폐사되어 현재는 영화와 뮤직 비디오, 드라마 등의 촬영지로 쓰이고 있다.

　역 안에 들어가 보니 한쪽 벽에는 폐역이 되기 전 붙어있던 시간표와 여객 운임표가 그대로 붙어있고 반대편에는 문화재에 등재된 여러 역사 모습을 찍은 사진들이 걸려 있었다.

　그렇지만 옛날 역을 지키던 역장도, 기차가 출발할 때 흔들던 파란 깃발로 신호를 알려주던 역무원은 간곳없고 낡은 의자들과 은행나무, 향나무가 역사를 지키고 있었다. 그 옆에는 그때 기억을 떠올리기라도 하듯 세월을 말해 주는 8877 번호를 단 낡은 기차 한 량이 누워있었다.

기차 옆에는 사랑의 종을 달아 기차가 떠난다는 신호를 알리려는지, 젊은 연인들과 아이들을 데리고 온 가족들이 딸랑딸랑 종을 치며 즐거워한다. 나도 옛날을 생각하며 종 한 번 치고 사진 한 컷 찍었다.

오랜만에 시골 역에서 보낸 한적하고 여유로운 시간이었다. 끊어진 철길 따라 벚꽃과 연두 잎 돋아나는 나무들이 어우러져 있고 민들레 제비꽃들이 철길가에서 눈짓을 한다.

기차가 올 일이 없으니 마음껏 두 팔 쭉 벌리고 철길 위를 걷는 연인들과 아이들이 선로 위를 걷다가 넘어지면 또 철로 위로 올라와 봄 햇살과 함께 마냥 즐거워한다.

기차 옆에는 사랑의 종을 달아 기차가 떠난다는 신호를 알리려는지,
젊은 연인들과 아이들을 데리고 온 가족들이 딸랑딸랑 종을 치며 즐거워한다.
나도 옛날을 생각하며 종 한 번 치고 사진 한 컷 찍었다.

나는 청량리 방면을 가리키는 표지판 옆 선로 위에 앉아서 옛날로 돌아가 본다. 초등학교 들어가기 전인 것 같다.

아버지 손 잡고 여주 가섭이라는 곳 연마루 고개 서낭당을 넘어서 삼십여 리나 되는 먼 길을 걸어 구둔역에 도착하면 해는 뉘엿뉘엿 저물어 하룻밤을 여관에서 자야만 다음 날 아침 청량리로 가는 중앙선 기차를 탈 수 있었다.

우리를 안내한 여관집 아주머니는 웃을 때 왼쪽 금이빨이 보이는 상냥하고 친절하게 안내해 주던 기억이 희미하게 날 뿐, 지금은 어디가 어딘지 전혀 알 수 없었다.

아버지는 우리가 여주에서 초등학교를 졸업하면 서울로 진학을 시켰는데, 신당동에 조그마한 집을 마련하여 거기서 기거하도록 했었다.

시골과 서울을 왕래하며 자식들의 필요한 쌀과 식료품을 멜 가

방에 가득 담아 어깨에 메고 막내딸 서울 구경도 시켜 줄 겸 어린 나를 데리고 길을 떠났던 생각이 난다.

두려움 반 설레임 반으로 난생처음 서울 구경한다는 생각 속에 하룻밤을 지냈다.

다음 날 아침 기차를 타고 화통에서 시커먼 연기 뿜어내며 굴 속을 수없이 지나가면 콧속이 시커멓고 석탄 연기에 그을린 아버지의 얼굴이 희미하게 떠오른다.

단발머리에 무릎까지 내려온 까만 주름치마에 흰 저고리 까만 고무신 신고 청량리역에 내리면 나무통에 들어있는 아이스케키를 사주시던 기억, 처음으로 먹어본 달콤하고 시원하던 그 맛은 지금도 잊을 수가 없다. 팔십이 넘은 지금 업어 주시던 아버지의 따뜻한 등이 그리워진다.

관계자들의 말을 들으니 양평군에서는 구둔역 주변을 도비와

단발머리에 무릎까지 내려온 까만 주름치마에 흰 저고리 까만 고무신 신고
청량리역에 내리면 나무통에 들어있는 아이스케키를 사주시던 기억,
처음으로 먹어본 달콤하고 시원하던 그 맛은 지금도 잊을 수가 없다.

군비 이백억 원을 들여 동부지역을 대표하는 관광지로 개발한다
고 한다.

이 사업이 완성되면 다시 찾아올 것을 기약하며 희미한 추억의
구둔역을 뒤로하고 차에 올랐다.

대물린 오동나무 책상

우리 집에는 책상 하나가 있다. 오동나무로 만든 오래된 책상이다.

큰딸 고등학교 입학 기념으로 제 아빠가 사준 것이다. 위와 옆으로 아래로 그렇다고 비싼 책상은 아니다. 오동나무는 재질이 가볍고 결도 아름답다. 화려하지도 않다. 문화적 가치는 없어도 오래되었다는 사실만으로도 오랫동안 새겨지는 낡은 흑백 필름 같은 것이 아닐까.

딸이 무척이나 좋아하며 노력하더니 학교 성적도 우수하여 원하던 대학 국문학과를 졸업했다.

대학시절 농활 수련회에서 알게 된 같은 학본 한의과 이무경과 6년 연애 끝에 시월의 신부가 되어 시집을 갔다. 사람이 들고 나는 순리에 첫 번째 경험을 했다. 미처 몰랐던 딸의 빈자리가 오래도록 마음에 남았다.

남편은 딸이 쓰던 방을 서재로 꾸몄다. 오동나무 책상서랍 속에 딸이 쓰던 문구가 가득 들어있었다. 연필, 볼펜, 지우개, 색연필 등 딸이 쓰던 문구를 한쪽에 챙겨놓고 남편이 필요한 붓, 서책 필묵옥지(筆墨玉池) 습자지 외포용지를 새로 구입하여 여가 선용으로 붓글씨를 즐겼다.

뜻하지 않게 남편이 별세한 후 허전한 마음을 달래려고 글을 쓰게 된 나는 딸과 남편이 쓰던 책상을 사용하게 되었다.

오랜만에 책상에 앉아 연필을 깎다 보니 학창 시절로 돌아간 것 같아 마음이 설레었다.

새 필통을 갖고 싶어 외손녀 은결이와 은교를 데리고 근처에 있는 문구점에 가니 별의별 모양의 예쁘고 신기한 필통들이 너무 많아 어떤 것을 골라야 할지 망설이다가 아무래도 가벼운 것이 좋을 것 같아 헝겊을 색색으로 누벼서 매듭까지 달아 만든 필통을 샀다. 서랍 속에 있는 연필, 칼, 지우개, 볼펜, 색연필 등 한 가득 담았다.

옛날 생각이 났다. 초등학교 4학년 때 6.25 사변이 일어나 서울에서 피난 온 내 짝꿍 문자가 생각났다. 문자는 상철로 된 필통 속에 노란색, 남색, 자주색 연필들이 가득 들어있고 지우개도 들어있었다.

또 노란 종이를 돌돌 풀면 붉은 색 심이 들어있는 색연필도 있었다.

그때 우리가 다니던 초등학교는 경기도 여주군 대신면에 있는 천남초등학교였다. 조그만 시골 학교라 책상도 없이 마룻바닥에서 수업을 받았다.

국어 시간에 작문을 지을 때 나는 몽당연필에 뚜껑을 낀 연필로 썼다. 쓰다가 글씨가 틀리면 둘째손가락에 침을 발라 지우면

나는 요즘 남편이 쓰던 문구를 가지고
책상에 앉아서 글을 쓰고 있다.
고치고 또 고치고, 쓰고 있노라면 남편의 체취가 묻어나는 것 같다.

공책에 구멍이 난다.

그럴 때면 내 짝꿍 문자가 부러웠다. 문자 연필이 갖고 싶었다. 또 샘도 났다.

생각해 보면 엊그제 같은데 수십 년이 지났다.

나는 요즘 남편이 쓰던 문구를 가지고 책상에 앉아서 글을 쓰고 있다. 고치고 또 고치고, 쓰고 있노라면 남편의 체취가 묻어나는 것 같다.

나는 아무리 노력해도 남편의 인격과 지식을 따라갈 수 없다. 언제인가 붓글씨 책과 필묵옥지를 사 왔을 때 같이 서예를 하자고 했다.

초등학교 습자 시간에 붓글씨 써 본 기억만 있을 뿐 붓 잡는 법도 잊어버렸다.

남편은 달필이다. 나는 그이 앞에서 주눅이 들어 쓸 수가 없어

벼루에 먹만 갈아 주었다.

큰딸이 고등학교 3학년 때 대학 수능시험 공부하느라 많이 힘들고 지쳐 있을 때다.

남편도 교장 합격 시험을 보기 위하여 아침 시사를 하면서도 책을 본다.

딸이 방과 후에 자율 학습을 할 때 땡땡이치고 싶어도 아빠의 노력하는 모습을 생각하면 농땡이칠 수 없어 열심히 공부를 했다고 한다.

그 결과 딸과 남편은 좋은 성적으로 서로의 진로에 당당하게 합격하는 영광을 안았다.

한편 딸은 지금도 본인이 공부했던 그 오동나무 책상에 미련이 남아서 자기 집에 갖다 놓고 싶어 한다. 그러나 이젠 어림도 없

한편 딸은 지금도 본인이 공부했던 그 오동나무 책상에
미련이 남아서 자기 집에 갖다 놓고 싶어 한다.
그러나 이젠 어림도 없다. 왜냐하면, 나는 딸과 남편이 쓰다가 놓고 간
오동나무 책상과 문방사우에 감사하며 글을 써야 한다.

다. 왜냐하면, 나는 딸과 남편이 쓰다가 놓고 간 오동나무 책상과
문방사우에 감사하며 글을 써야 한다.

오동나무 책상이 새 주인을 만나서 지난 주인들에게 부끄럽지
않도록 좋은 글을 쓸 것이다.

꿈의 날갯짓

산에 올라 하늘을 본다.

햇솜 같은 구름이 흐른다.

하늘빛은 어머니의 옥색 치마를 펼쳐 놓은 듯 눈이 시리다.

어디선가 바람결에 뭉게구름 한 덩이가 누군가의 꿈을 싣고 유유히 흐르고 있다.

나는 키가 작았다.

초등학교 입학을 했을 때 맨 앞에 섰다.

아침 조회 때, 담임선생님이 내 앞에 서시면 키는 선생님 배꼽에 닿았다.

선생님 몸에서 담배 냄새를 맡으며 아침 체조를 했다.

키는 작아도 공부를 열심히 하여 선생님의 총애를 받았다.

아이들을 가르치는 존경스러운 선생님이 되고 싶은 꿈을 꾸었다.

6학년이 되니 중학교 진학 준비를 위해 수업이 끝나면 방과 후에 학교 옆에 있는 이사장님 댁 사랑방을 빌려 전기도 없는 시골이라 침침한 등잔불 밑에서 몇몇 학생들만 남아서 선생님의 과외지도를 받았다.

그 시절에는 국가고시 시험 제도가 있었다.

성적에 따라 원하는 학교에 원서를 냈다.

선생님이 되기 위해 서울사범중학교에 원서를 냈다.

불합격이다. 서운했지만, 감히 시골 촌구석 학교에서는 꿈도 꿀 수 없는 일이었다. 우리 학교에서는 한 명도 서울사범중학교에 입학하지 못했다.

그러나 풍문여중에 입학하여 여고시절을 보냈다.

교복을 입던 시절이라 구레빠 천으로 만든 후레아 스커트에 하얀 카라가 달린 상의 교복을 입었다.

특히 강풀을 쑤어 바락바락 주물러 유리창에 반듯하게 붙여 바싹 마른 다음에 떼내고 빳빳한 카라를 검은 곤색 교복에 달면 흰 카라가 유난히도 신선하게 돋보였다.

후레아 스커트 허리에 넓은 반도를 매면 허리가 잘록해지고 볼록 나온 앞가슴에 자랑스런 학교 배지를 달고 친구들과 재갈재갈 깔깔대며 꿈 많던 여고 시절을 보냈다.

결혼을 앞둔 20대에는 건축가의 아내가 되고 싶었다.

거기에는 그럴 만한 이유가 있었다. 기억은 나지 않지만 일본 작가가 쓴 집에 관한 내용이었다. 멋진 이상형의 집을 무대로 쓴 글이다. 책을 읽는 동안 마치 멋진 남자가 이층 양옥집을 지어 놓

발코니가 있는 양지바른 창가에 햇볕이 따사로이 들어오고
둥근 테이블에 사랑하는 남편과 마주앉아 슈만의 트로이메라이 음악을 들으며
사랑이 담긴 차를 마시며 밤에는 발코니에 나가 별을 헤아리는
그런 집에 아내가 되고 싶었다.

고 결혼하자고 다가올 것만 같은 착각에 빠져 감명 깊게 읽었다.

발코니가 있는 양지바른 창가에 햇볕이 따사로이 들어오고 둥근 테이블에 사랑하는 남편과 마주앉아 슈만의 트로이메라이 음악을 들으며 사랑이 담긴 차를 마시며 밤에는 발코니에 나가 별을 헤아리는 그런 집에 아내가 되고 싶었다.

선생님이 되는 꿈도, 건축가의 아내가 되는 꿈도 이루지 못한 나는 빈 하늘에 헛 날갯짓만 했다.

세월이 흘러 친척분의 소개로 서울대학교 사범대학 부속고등학교 물리 선생님과 단성사 극장 지하 다방에서 첫선을 보았다. 소개해 주신 분의 말씀이 얼굴 까만 남자만 찾으라고 했다.

한눈에 알 수 있었다.

우리는 결혼을 했다.

사모님 소리를 들어가며 지극정성 내조를 했다.

아이들을 낳아 키우면서, 남향에 이층으로 양옥집을 지었다.

마당에 잔디를 깔고, 목련나무, 단풍나무, 은행나무, 주목나무, 대추나무를 심었다. 가을이면 대추나무에 빨간 열매가 주렁주렁 익어갔다. 그러는 동안 아이들도 성장하여 학교 교육을 마치고 자기들의 보금자리를 마련해 부모 곁을 떠나갔다.

우리 내외는 이층집을 허물고 평생 살아갈 노후 대책으로 옥상이 있는 4층 상가 주택을 지었다.

선생이 되고 싶었던 꿈과 건축가의 아내가 되고 싶었던 꿈은 이루지 못했지만 선생님과 결혼하여 사모님으로 살았고, 두 번이나 집을 지었으니 반쪽 꿈은 이룬 것은 아닐까!?

선생이 되고 싶었던 꿈과 건축가의 아내가 되고 싶었던 꿈은 이루지 못했지만
선생님과 결혼하여 사모님으로 살았고,
두 번이나 집을 지었으니 반쪽 꿈은 이룬 것은 아닐까!?

이제 산수(傘壽, 팔순)이지만 소녀 시절에 한 번쯤은 해 보고 싶은 문학의 꿈을 이루고 있으니, 남은 내 삶은 오직 글을 쓰는 일에 최선을 다하리라고 다짐해 본다.

공연을 마치고 딸에게

희수를 지난 나이 내 생의 처음으로 무대에 올랐다. 큰딸의 추천으로 서강대 메리홀대 강당에서 공연을 하게 되었다.

"2017년 서울 세계 무용축제."

市 댄스 무용협회에서 스페인 마오무용단을 이끄는 마리아 안토닉을 초청해 안무를 받았다. 무용 선생님은 키가 크고 날씬하고 아름다웠다. 말이 통하지 않아 통역사를 두고 우리 실버 무용수 8명은 안무를 받았다.

"내 나이 70, 춤추고 싶다"라는 타이틀이었다. 막상 출연자들은 60대 후반이었다. 모두가 사회에서 활동하는 여성들이었다. 나는 나이로 보나 체격으로 보나 자격 미달이다. 동료들의 격려를 받으며 열심히 연습을 따라 했다. 스페인 안무 선생님은 친절과 따사로운 눈빛으로 가르쳐 주었다.

우리가 추는 춤은 다리 동작이다. 키가 작은 나는 다리가 짧아 의자에 앉아서 동작을 할 때 발이 마룻바닥에 닿지 않아 동작이 제대로 되지 않았다.

춤을 출 때도 팔이 짧아 멋스럽지 않았다. 그래도 즐겁고 행복해 열심히 따라 했다. 실버니깐 조금은 틀릴 수 있다고 자위도 해 가며 춤을 추었다.

안무 선생님은 귀엽다고 스페인 갈 때 주머니 속에 넣어 가지고 가고 싶단다. 서울 부암동에 있는 최보걸 무용실에서 오후에 4시간씩 피나는 연습을 했다.

드디어 10월 16일 오후 8시, 떨리는 몸과 설레는 마음으로 무릎 위까지 닿는 짧은 스커트를 입었다.

몸은 보이지 않고 무릎 위까지만 막이 오르면 실버 8명의 다리는 동작을 하면서, 서서히 막이 오른다. 그렇게 막이 다 오르자마자 경쾌한 음악에 맞춰 스페인 무용 선생님과 같이 춤을 추었다.

객석에서 우레와 같은 박수 소리가 쏟아져 나왔다. 눈물이 핑 돌았다.

즐겁고 황홀했다. 한 시간 가까이 춤을 추었다.

스페인 실버들의 춤을 영상으로 비추면서 마리아 안토닉 무용 선생님은 단독으로 춤을 추었다. 환호와 기립 박수가 쏟아져 나왔다. 관중들도 무대에 올라와 다 같이 춤을 추었다.

즐거운 시간이었다.

공연을 마치고 집에 올 때 차에서 이런 생각을 해 보았다. 고령화 시대에 스페인 실버들과 교류하여 한국 실버들과 합작으로 왕래하며 공연을 하면 어떨까? 하며 집에 오니 밤 12시가 훨씬 넘

서서히 막이 오른다. 그렇게 막이 다 오르자마자
경쾌한 음악에 맞춰 스페인 무용 선생님과 같이 춤을 추었다.
객석에서 우레와 같은 박수 소리가 쏟아져 나왔다.
눈물이 핑 돌았다.

었다.

딸에게 편지를 썼다. 영미야, 많이 고맙구나. 눈물이 나네. 감격의 눈물이겠지!?

네 친구들이 꽃다발을 들고 와 축하해 주고, 무용실 동료들도 멋졌다고 칭찬해 주었단다.

내 딸이 친구들과 인연 관계를 잘 맺고 있는 것 같아 더 고맙구나.

네 덕에 행복했고 즐거웠던 시간들이었구나. 오래도록 기억될 거야. 어쩌면 내세까지도! 영미야, 예전에 학교에서 받은 상장이 책상 서랍에 한가득 되어도 자랑도 우쭐대지도 않던 속 깊은 딸! 어린 나이에 눈 수술 받으려고 병원에 입원하여 수술도 여러 번 받고 은결이, 찬결이 태어날 때 두 번이나 개복 수술받아 허리가 아파 움직이지 못하면서도 가족들 걱정할까 아파도 참고 견뎌내던 딸! 지금도 마음이 아프구나.

한창 모양낼 나이인 여고시절에 앞머리를 내려 눈가를 덮어 갑갑해 보인다고 심하게 야단쳤던 일, 딸의 마음도 헤아리지 못한 엄마, 지금까지도 참회하며 용서를 빌고 있구나.

영미야! 이제는 몸도 마음도 아프지 말거라.

좋았던 기억, 좋은 생각만 해. 즐겁고 행복하게 살아야지. 자꾸 눈물이 나네.

"고맙고 사랑해, 내 딸 영미."

제 3 부

이런 남자

:

이런 남자

누군가 산다는 것이 죽음에 이르는 노정이라고 했던가. 우리 셋은 그해 생의 반려를 먼저 보냈다. 나와 내 초등학교 친구 순자는 하늘같은 남편을, 캐나다에 살고 있는 내 동생 재영은 사랑하는 아내 은숙이었다.

동병상련이라고, 순자와 나는 허전한 마음을 달랠 겸 외국 여행을 계획했다.

물론 행선지는 캐나다였다. 우리도 우리였지만 머나먼 타국에서 아내를 잃고 천애의 고아처럼 비탄에 젖어있을 재영을 위로해 주려는 내 제의였지만 어릴 때부터 친누나처럼 따르던 재영을 순자가 마다할 리 없었다.

언젠가는 꼭 한 번 가 보고 싶던 단풍과 설원의 도시였다. 꿈에도 그리던 북미 여행을 늘그막에 그것도 친구와 함께 가게 되었으니 더 말할 필요가 있겠는가. 순자와 나는 슬픔도 잠시 접어두고 3개월의 여정으로 집을 꾸렸다.

인천 공항을 출발한 비행기는 열 시간을 날아가 캐나다 밴쿠버 공항에 도착하여 다시 갈아타고 2시간 30분을 비행해 에드먼턴에 도착하니 재영과 그의 아들 앤디가 외로움이 가득한 모습으로 우리를 맞이했다.

우리는 서로 껴안고 반가움 반 슬픔 반으로 한참을 울어야 했다. 재영은 에드먼턴의 외곽, 조그만 냇가가 있는 앞이 툭 트이고 조용하고 경치가 아름다운 작은 이층집에 살고 있었다. 앞마당에는 잔디가 깔려있고, 10월이라 사과가 빨갛게 익어가고 갖가지 꽃들이 심어져 있었다.

뒤뜰 정원에는 수영장과 오래된 상록수로 이루어진 울타리 사이로 다람쥐, 족제비, 이름을 알 수 없는 새들이 둥지를 틀고 있었다. 족제비는 이 집의 터줏대감으로 부른다고 한다.

재영은 한국 명문대를 나와 조선소에 근무하면서 고등학교 국어선생인 은숙과 결혼해 달콤한 신혼 생활을 하던 중, 처남의 초청으로 이민을 갔다.

세 아들을 낳아 기르며 힘든 생활을 하면서도 대한민국 국민의 자부심을 잃지 않고 언어나 행동을 조심하며 오직 자식들의 교육에 전념했다.

특히 재영은 한국군의 월남 파병 때는 한국을 통해 볼펜을 보내 주었을 만큼 고국을 사랑하는 남자였다.

다음 날 우리 셋은 은숙이 잠들어 있는 그린우드 공원묘지에 가보기로 했다. 평소에 좋아하였다는 커피와 케이크, 그리고 꽃을 사가지고 참배를 했다.

은숙의 묘는 온통 꽃으로 둘려싸여 있고 화분마다 은숙을 그리는 재영의 애절한 글귀들이 쓰여 있었다.

"여보, 사랑해."
"여보 보고 싶어."
"못 해 준 게 너무 많아."
"미안해, 하늘나라에서 편히 지내."

"여보, 사랑해."

"여보 보고 싶어."

"못 해 준 게 너무 많아."

"미안해, 하늘나라에서 편히 지내."

은숙을 잊지 못하는 재영의 마음이 절절히 묻어나 있었다.

그뿐 아니었다.

은숙이 쓰던 방 침대 위에는 한복을 곱게 차려입은, 해맑게 미소 지은 사진이 놓여 있고 함께 읽던 성경책과 좋아하던 음악과 물건들이 생전의 모습대로 놓여 있었다. 또 꽃이라고 하는 꽃은 모두 사다 놓아 마치 화원 같은 느낌이었다.

특히 은숙이 붉은 장미를 좋아했는지 작은 항아리에 담긴 꽃의 향기가 죽은 은숙이마저 매료시키는 것 같았다.

침대에는 은숙이 임종하기 직전에 하얀 한복을 입고 눈 감고 싶다고 하여 한국에서 가져온 흰 치마저고리, 속치마, 속바지, 흰 버선을 자는 것처럼 펴놓고 침대 밑에는 흰 고무신까지 놓아두고 있었다.

재영은 아침마다 커피를 사진 앞에 갖다 놓고 아침과 점심, 저녁을 하루로 거르지 않고 밥, 국, 반찬을 차려놓고 30분 후에야 아내가 먹고 남은 식은 음식을 먹는다고 했다.

우리가 있을 때도 마찬가지였다. 상식을 올리고는 눈시울이 붉어져서 방에서 나온다.

순자는 무섭다고 그 방에 들어가지도 못하면서 한마디 한다.

"얘! 하늘 아래 지금도 저런 남자가 있니."

애처로워하며 어찌할 줄 모른다.

에드먼턴은 앨버타주 북부 평균 해발고도 723미터의 고지대로 슬픔도 외로움도 다 잊어버린 순간이었다.
밤이 되면 재영은 누이들의 마음을 위로해 준다며
색소폰으로 흘러간 노래를 불어 주었다.

겨울이 길고 눈이 많이 내려 언제나 아름다운 설경을 맘껏 볼 수 있다.

밤새도록 내린 눈이 아침에 나가 보면 1미터가량이 쌓여 있다. 앞마당 잔디 위에도, 뒷마당 정원 고목나무 위에도 목화송이를 올려놓은 듯 가지가 휘어지도록 얹혀 있어 아침 햇살을 받아 눈부시게 아름다웠다. 우리는 고향 여주 어린 시절로 돌아가 눈싸움을 했다.

한참을 정신없이 던지고 맞고 뛰어다녔더니 땀도 나고 옷도 젖고 마음마저 젖었다. 슬픔도 외로움도 다 잊어버린 순간이었다. 밤이 되면 재영은 누이들의 마음을 위로해 준다며 색소폰으로 흘러간 노래를 불어 주었다.

"울어라 열풍아, 밤이 새도록……."

순자와 나도 목청껏 따라 부르며 마음을 달랬다.

우리는 하루 건너 그린우드 공원묘지에 꽃과 커피와 빵을 사가지고 은숙을 보러 갔다.

묘지에는 팔각정도 있고 지장보살님 불상도 모셔져 있고, 호수도 있어 물오리들이 날아와 물살을 가르며 한가로이 노닐고 있어 영혼들도 편안해 보인다. 근처에 쇼핑센터가 있어 쇼핑도 한다.

그러던 어느 날 재영은 여행을 가자고 한다.

록키카운더 재스퍼 관광단지다. 침엽수가 빽빽이 들어찬 산! 눈 쌓인 숲속에 뜨문뜨문 보이는 별장 같은 집들! 에메랄드빛 호숫가에 잠길 듯 빨간 지붕의 집! 그 속의 주인이고 싶었다.

다음날 로키카운더 재스퍼에 도착해 3,000미터 높이의 케이불카를 타려고 하니 많은 눈이 내리고 날씨가 추워서 운행을 할 수 없단다. 허탈했다.

에메랄드 빛 물속에는 산과 노을과 푸른 소나무들이 잠겨있고
거울 같이 맑고 잔잔하여 물 위를 걸어보고 싶은 충동을 느끼게 했다.

재영은 지난날 은숙과 같이 여행 왔었다는 에메랄드 호수 자연의 다리 레벨스토크로 우리를 안내했다.

에메랄드 빛 물속에는 산과 노을과 푸른 소나무들이 잠겨있고 거울 같이 맑고 잔잔하여 물 위를 걸어보고 싶은 충동을 느끼게 했다.

재영은 해맑게 미소 지으며 마치 은숙의 얼굴이 떠오르기라도 하는지 넋을 놓고 물속을 들여다보고 있다.

코로나바이러스-19

코로나바이러스-19가 온 세상을 휘몰아치고 전 세계를 돌아다닌다. 온 백성이 두려움과 공포 속에서 생활하고 있다.

텔레비전만 켜면 귀가 따갑도록 규칙을 잘 지키라는 방송을 하고 있다.

이제는 일상생활이 방송국에서 알려주는 대로 생활하고 있다.

우리 국민은 다른 나라 국민에 비해 규칙을 잘 지키고 있다고 생각한다.

또 우리 국민 모두가 생활 의식이 높아져서 정부가 시키는 대로 잘 따르고 있어 감사하는 마음이다.

언젠가 캐나다에 살고 있는 동생한테서 전화가 왔다. 한국 국민들은 나라가 시키는 대로 규칙을 잘 지키고 있는 것 같다고 하여 대한민국 국민이라는 데에 자부심을 느낀다고 말한 적이 있다.

더더욱 감사한 것은 의료진들이 희생적으로 헌신하고 있다는 점에 국민 한 사람으로서 눈물겹도록 감사하다. 또 봉사하시는 모든 분들에게도 무한한 감사를 드린다.

나는 불자다. 내가 할 수 있는 것은 규칙을 잘 지키고 부처님께 기도하는 것이다. 대의왕(大醫王) 약사유리광여래불(藥師琉璃光如來佛)께 아침저녁으로 간절히 기도드린다. 길을 걸을 때도 약사유리광여래불을 염하면서 걷는다.

마스크는 물론 쓰고 입속으로 마음으로 염한다.

약사유리광여래불은 중생(衆生)의 질병을 치료하고 재앙을 소멸시키며 개인의 평안뿐만 아니라 국가가 큰 재앙에 처했을 때도 약사유리광여래불이 나타나 국가의 재난이 소멸되고 국토가 편안해진다.

옛날 신라의 선덕여왕이 병에 걸렸을 때 쓴 의약이 효험이 없을 때 밀본법사가 여왕의 침전 밖에서 약사경을 염송하여 병을 낳게 했다는 약사신앙 유포에 중요한 일면이 있다.

코로나바이러스-19는 인간이 자연에 저질러 논 재앙이다. 온 세계 인간들은 이번 코로나바이러스-19로 인하여 많은 반성을 해야 한다. 동물들에게는 코로나바이러스가 감염되지 않는다고 들었다.

또 코로나바이러스는 인간 누구도 차별하지 않는단다. 세계를 뒤흔드는 미국 대통령 트럼프도, 일본 수상 아베도, 재벌가도, 학자도, 남녀노소 구분 없이 평등하게 차별하지 않는다.

우리 정부가 지시하는 대로 규칙을 지키면서 극복할 수밖에 없다.

코로나바이러스-19는 인간이 자연에 저질러 논 재앙이다.
온 세계 인간들은 이번 코로나바이러스-19로 인하여 많은 반성을 해야 한다.
동물들에게는 코로나바이러스가 감염되지 않는다고 들었다.

얼마 전에 들은 이야기다. 우리가 코로나바이러스-19를 물리칠 수 있는 방법은 내 몸에 염도를 0.9% 이상만 유지시켜 주면 어떤 바이러스도 내 몸에 들어올 수가 없단다. 우리가 방송을 통해 너무도 잘 알고 있듯이 코로나바이러스가 침투하는 곳은 눈 코 입 뿐이다. 그래서 눈물이나 침이나 코 점막을 소금물로 배치시키라는 것이다.

우리 국민들 90%가 0.8% 미만이라고 한다. 문제가 아닐 수 없다.

우한 코로나바이러스를 물리칠 수 있는 방법은 체내 염도 0.9% 유지뿐이란다.

소금은 85가지의 미네랄이 살아있는 천일염을 드셔야 한단다. 천일염은 바다와 태양이 주신 불로수이다.

바다는 수십 억 년을 더럽혀도 바이러스 한 점 없이 청정을 유지할 수 있는 것은 3% 소금 때문이란다.

사람이 많이 모인 곳에 갔다 왔거나 퇴근 후에는 손 닦는 것을 다 알고 있듯이 반드시 소금물 또는 식초를 혼합한 소금물로 목구멍까지 가글을 자주 해야 한단다. 나는 선견지명이 있었는지 예전부터 천일염 소금을 따뜻한 물로 아침저녁에 가글을 하고 있다.

전 세계 의학박사님들께서 코로나바이러스-19를 소멸시킬 백신을 밤낮없이 연구하고 계신다.

어서 속히 백신이 나와 전 세계국민들이 예전과 같이 평화롭게 왕래하면서 같이 살아갈 날이 빨리 오기를 바라면서 나는 오늘도 의왕이신 약사유리광여래불께 코로나바이러스-19가 이 지구상에서 소멸되게 해달라고 기도한다.

막내딸

　1975년 1월 8일 오전 10시 30분, 짧고 가느다란 두 팔을 허우적거리며 응애응애 놀랜 울음을 터트리며 새빨간 알몸으로 넓은 세상 밖으로 나왔다.

　견디기 어려운 고통 속에서도 '응애' 하는 울음소리에 찬란한 빛이 비치는 것 같아 반가움에 눈물이 핑 돌았다.

　3박 4일 산후 조리하고 솜털같이 보드라운 애기 이불에 폭 싸 아빠가 가슴에 안고 '똥돼지' 하며 예뻐했다.

　큰딸 낳고 칠 년 만에 태어나 가족들이 많이 예뻐했다.

　애기였을 때에도 혼자서 두 손을 가지고 놀며 보채지도 않고 젖도 잘 먹고, 밤에도 깨지 않고 잘 잔다.

　큰딸은 결혼해서도 엄마를 늘 불렀는데, 막내딸은 지금도 엄마의 도움을 청하지 않는다. 막내딸이 시집가서 첫째 딸 은교를 낳을 때도 배냇저고리, 베개, 기저귀, 이불 등등… 신생아 용품을 사지 않고 손수 만들었다.

다섯 살 때인가, 세 가족이 강원도 북쪽에 있는 화진포 해수욕장으로 여행을 갔다. 가족들 모두가 선생님이어서 여름 방학을 이용했다.

큰딸과 파도를 타려고 바다에 뛰어들어갔는데 막내딸이 따라오는 줄 모르고 파도를 타고 있었다. 막내딸이 파도에 밀려 떠내려가고 있었다. 눈앞이 캄캄했다.

마침 같이 간 일행 중 두 부부가 바다 가운데서 고무 주부를 타고 있었다. 두 부부가 파도에 떠내려오는 딸을 구해 주었다. 오십여 년이 지난 지금도 아찔하고 심장이 두근거린다.

늦게 태어나고 막내딸이어서 아빠의 사랑을 듬뿍 받았다. 아빠

초등학교 글짓기 시간에 주제가 우리 아빠다.
"나는 아빠가 좋다. 왜냐하면 매일 아침마다 출근하실 때 백 원씩 주신다.
그래서 나는 우리 아빠가 좋다."

가 '유선아' 하고 부르면 '예' 가 아니고 '왜' 라고 대답한다.

초등학교 글짓기 시간에 주제가 '우리 아빠' 다.

"나는 아빠가 좋다. 왜냐하면 매일 아침마다 출근하실 때 백 원씩 주신다. 그래서 나는 우리 아빠가 좋다."

상도 받았다. 에피소드가 많다. 초등학교 3학년 때 반에서 대여섯 명씩 달리기를 하였는데 꼴등을 하였단다.

선생님이 꼴등끼리 또 시켰는데 2등을 하였다고, 집에 와서 자랑을 하여 온 가족이 장하다고 칭찬하며 깔깔 웃음바다가 되었다.

집안 내에서도 화제가 되었던 기억이 난다.

여고 시절을 거쳐 대학에 갈 때 재수를 했다. 대학 첫 번 시험에 떨어졌을 때 내가 눈물을 흘리니 남편은 엄마 자격도, 울 자격도 없다고 꾸짖었다.

유치원도 초등학교도 중고등학교도 대학도 혼자서 다녔다.

그래서인지 독립심이 생겼는지 지금도 엄마한테 부탁하지 않는다.

아빠가 대학병원에 한 달 동안 입원하였을 때 아침에 두 딸을 초등학교 유치원에 보내고 보리차 끓여가지고 허둥지둥 상계동에서 하루도 빼놓지 않고 아빠와 엄마를 간호하고 도와주었다. 과로에 지쳐 맹장이 터져 수술도 받았다. 막내이지만, 시댁이나 친정에 가족이 아프고 힘들 때 어머니 같은 따뜻한 마음으로 돕고 보살펴 준다.

내색은 하지 않아도 속이 깊고 따뜻한 성품과 완벽한 성격이라 때로는 자신이 힘들어한다.

완벽한 성격 조금 내려놓고 하늘도 보고 땅도 보고 뒤도 돌아보며
마음 편하게 살아갔으면 하는 마음 간절하다.
미안하고 고맙고 늘 애틋한 막내딸 진유선, 많이 사랑해!

스물아홉 살에 동갑내기와 연애결혼하여 두 딸을 낳았다.
첫째 딸은 은교, 간호학과 3학년, 1학년부터 장학생이다.
둘째 딸은 은채, 외국어고등학교 1학년이다.
동갑내기라 지금도 유선아, 세윤아, 이름 부르며 티격태격 잘 다툰다.
그래도 남편의 사랑을 듬뿍 받으며 네 식구가 재미있게 알콩달콩 살아간다.

완벽한 성격 조금 내려놓고 하늘도 보고 땅도 보고 뒤도 돌아보며 마음 편하게 살아갔으면 하는 마음 간절하다.
미안하고 고맙고 늘 애틋한 막내딸 진유선, 많이 사랑해!

어느 휴일날의 덕소 강가

가을이 한 발 더 깊어지면 덕소 강가를 찾는다.
계절은 말없이 사람의 마음을 불러내는 능력이 있는가 보다.

덕소 강가 둔치는 남양주시에서 시민을 위하여 둘레길을 만들고 조경도 아름답게 만들고 편의 시설도 이용하기 편리하게 만들어 놓았다.
철 따라 가지각색의 꽃들을 심고, 가꾸어 예쁜 꽃들이 피고 진다.

시월 어느 휴일날이었다. 덕소 강가를 갔다. 하늘은 눈이 시린 만큼 푸르렀고, 가을 햇살은 포근하고 따사로웠다.
가을빛에 물든 강물은 잔잔하고 맑았다.
햇빛을 받아 반짝이는 물결은 마치 수많은 유리 조각처럼 부서

저 흘렀고, 물 위에 내려앉은 바람은 잔물결을 일으켰다.

강둑에 서서 강을 바라보니 내가 강을 보는 것이 아니라, 강이 나를 들여다보고 있는 것 같았다.

바쁘게 살던 시간을 비추듯 물 위로 햇빛이 흔들렸고, 그 빛 속에는 지나온 날들의 장면들이 섞여 있는 듯했다.

웃음도 있었고 눈물도 있었고 이유 없이 지쳐 버린 날들도 함께 흘러가고 있었다.

강 주변에는 많은 사람들이 저마다의 휴일을 즐기고 있었다.

싸이클 페달을 밟으며 줄지어 달리고, 아이의 손을 잡고 천천히 걷는 젊은 부부, 잔디 위에서 공차는 아이들, 연을 날리는 젊은 아빠와 아들, 잔디밭에 돗자리 깔고 집에서 만들어 온 김밥 먹고 커피 마시며 오손도손 이야기 나누는 가족들, 다정히 손잡고 코스모스 길을 걷는 연인들, 벤치에 앉아 먼 산, 강물 바라보며 명상에 잠겨 있는 사람들. 휴일날의 강가는 번거로우면서도 지친 삶의 에너지를 충족시키고 있었다.

우리가 찾는 행복이란 것이 이런 순간이 아닐까. 누군가의 삶속, 어딘가에 화려한 장면이 아니라 휴일에 바람을 맞으며 걷고 물결을 바라보고 잠시 쉬는 이 시간들, 삶은 이렇게 소박한 순간들로 이루어졌는데 우리는 그 사실을 늦게 깨닫는다.

벤치 한쪽에 할아버지 한 분이 졸고 계셨다. 햇살이 얼굴 위에 내려앉았고 바람은 조용히 이불처럼 등을 덮고 지나갔다. 그 모습이 평화로워 보였다.

인생의 수많은 굴곡을 지나온 사람만이 가질 수 있는 표정, 세상과 잠시 화해한 얼굴이었다. '이제 좀 쉬어도 된다' 는 말이 그 모습 안에 담겨 있는 듯했다. 나도 그 옆에 조용히 앉았다.

인생의 수많은 굴곡을 지나온 사람만이 가질 수 있는 표정,
세상과 잠시 화해한 얼굴이었다.
'이제 좀 쉬어도 된다' 는 말이 그 모습 안에 담겨 있는 듯했다.

강은 여전히 말없이 흘렀다. 이 흐름 속에 나의 시간도 함께 흘렀다.

내가 애써 붙잡으려 했던 수많은 순간들을 놓쳐버렸다고 생각했던 시간들, 그 모든 것이 강물처럼 흘러가고 있다는 사실이 결코 헛된 것이 아니라는 위로를 이곳에서 받았다.

나는 조용히 눈을 감았다. 물소리, 바람소리, 어린이들의 재잘거리는 소리, 연인들의 속삭이는 소리가 아름다운 멜로디로 들려왔다. 어떤 연주곡보다도 감미롭고 어떤 위로보다도 깊었다. 삶이 스스로 들려주는 연주곡이었다.

해가 조금씩 기울 무렵 강물의 색도 변해 갔다. 푸르던 물빛은 감홍빛으로 변해 갔다. 하루가 저물듯 마음도 조용히 가라앉는다.

집으로 돌아오는 발걸음은 가벼웠다.

덕소 강가에서 많은 것을 보고 받아 안고 왔다.

덕소 강은 멈추지 않고 흐른 것이다.

나도 멈추지 않고 천천히 흐른 것이다.

제 4 부

내 삶의 색깔

날짜 없는 졸업 여행

언니는 인생 졸업 여행을 떠났고, 나는 날짜 없는 여행길에 올랐다.

한평생 끝없이 이어질 것만 같은 아주 긴 강처럼 느껴졌는데 여든의 언덕에 이르러 돌아보니 그 긴 강은 어느새 한 모금 물처럼 지나가 버린 듯하다.

언니의 여행은 유난히 맑았다. 사진 속 언니는 호박잎 사이로 막 피려는 노란 꽃봉오리를 오래 들여다보고 있다. 허리를 조금 굽힌 채, 손에는 우산대를 쥔 채, 그저 한 송이의 시간을 가만히 지켜보듯 서 있었다.

나는 그 모습을 조금 떨어진 곳에서 바라보았다. 인생이란 아마도 저런 길이 아닐까 싶다. 앞에 무엇이 있는지 모르면서도 오늘이라는 하루를 조심히 건너가는 길이 아닐까?

형부가 세상을 떠난 뒤, 언니는 큰 병을 얻었다. 그러나 병원 치료를 받지 않고 진통제로 하루하루를 버티면서, 사람과 시간 속에서 남은 삶을 버티고 있었다.

언젠가 가야 할 길인데, 지금만큼은 사랑하는 얼굴들 속에서 살고 싶다고…. 그 말에는 두려움보다 단단한 수용이 담겨 있었다. 죽음을 피하려는 말이 아니라, 죽음을 정면으로 마주한 사람의 말 같았다.

그래서 우리는 여행을 떠났다.

풀 빌라의 문을 여니 햇살이 방안 가득 쏟아졌다. 물 위로 반사된 빛이 천장을 천천히 흔들었다. 언니는 풀장에 앉아 발을 담그며 오래 웃었다.

"이렇게 밝은 데서 웃어보는 것도 오랜만이다."

그 한마디에 나도 웃었지만 마음은 울고 있었다. 이 여행이 단순한 쉼이 아니라 작별을 연습하는 시간이라는 것을! 그러나 그 시간은 슬픔보다 햇살이 앞섰고, 울음보다 웃음이 많았다. 언니는 떠나는 사람답지 않게 누구보다도 여유로웠다.

언니와 나는 병상에 누워있는 부산 큰언니 집에도 들렀다.

우리는 말보다 오랜 침묵이 흘렀다. 언니는 큰 언니의 손을 오래 붙잡고 앉아 있었다. 어떤 위로도 필요 없는 시간이었다.

언니의 손은 말보다 많은 마음을 전하고 있었다. 나는 그 모습을 바라보며 사람은 태어날 때는 혼자이지만 떠날 때는 누군가의 손을 잡고 떠날 수 있다는 것을 보고 느꼈다.

언니는 형부가 잠들어 계신 그곳으로 갔다.

언니의 얼굴이 떠올랐다.
여행지에서 웃던 얼굴, 꽃 앞에서 오래 서 있던 모습,
물 위의 빛을 보며 웃던 장면들이 파노라마처럼 지나갔다.

예전에 홀로 안장되었던 그 자리, 이제는 언니도 그 곁에 함께 누웠다.

생전에 그토록 서로를 사랑했던 두 사람은 마침내 다시 같은 자리에 누워있다. 나는 그 사실이 슬프면서도 따뜻하게 느껴졌다.

언니는 이 땅에서도 함께였고 떠난 뒤에도 남편 곁으로 갔다.

장례식장에 길게 늘어선 하얀 꽃들 사이를 서성이다 나는 여러 번 발걸음을 멈췄다. 흰 국화 사이로 언니의 시간이 고요히 접히는 것만 같았다. 언니의 얼굴이 떠올랐다. 여행지에서 웃던 얼굴, 꽃 앞에서 오래 서 있던 모습, 물 위의 빛을 보며 웃던 장면들이 파노라마처럼 지나갔다.

언니는 나보다 다섯 살 많다.

어머니가 돌아가셨을 때 언니는 열일곱, 나는 열두 살이었다. 세상이라는 커다란 문 앞에 나란히 섰다. 언니는 항상 조금 먼저 아팠고, 조금 먼저 참았으며, 조금 먼저 삶을 배워왔다. 나는 늘 그 등을 보며 나의 길을 배웠다.

지금 나는 기한 없는 졸업 여행을 살고 있다.

언니는 먼저 여행을 마쳤고, 나는 아직 이 길 위에 서 있다. 하지만 언니는 멀리 있지 않다. 미소 속에서, 사진 속에서, 가끔 스치는 바람 속에서, 언니는 여전히 나를 부른다.

"천천히 와."

그래서 나는 서두르지 않으려 한다. 날짜 없는 여행자는 시간

나는 서두르지 않으려 한다.
날짜 없는 여행자는 시간에 쫓기지 않는다.
다만 오늘이라는 하루를 소중히 건너갈 뿐이다.
너무 바쁘게 흘려보내지 않으려고, 너무 가볍게 넘기지 않으려고 조심한다.

에 쫓기지 않는다. 다만 오늘이라는 하루를 소중히 건너갈 뿐이다. 너무 바쁘게 흘려보내지 않으려고, 너무 가볍게 넘기지 않으려고 조심한다.

나는 믿는다. 언니는 이 땅의 졸업 여행을 마치고, 또 다른 여행을 하고 있을 것이다. 지금쯤 말없이 형부의 손을 잡고 못다 한 이야기를 나누고 있을 것이다.

언젠가 나도 그 길의 끝에 이르면 언니를 다시 만날 것이다.

그때 우리는 서로를 바라보며 "여행. 참 괜찮았지."

내 삶의 색깔

나는 가끔 내 삶을 색깔로 그려본다.

돌아보면 내 삶은 한 폭의 수채화였다. 진한 붓질로 그려진 선명한 날도 있었지만, 번지고 스며든 흔적들이 오히려 더 아름답게 느껴진다.

세상이 내게 준 빛깔은 언제나 일정하지 않았지만, 그 모든 색이 모여 지금의 '나'를 만들었다.

햇살 아래의 기억들

젊은 날 나는 많이 웃었다. 바람결에도, 이웃의 안부에도, 작은 꽃 하나에도 웃음이 피어났다. 언니와 동생, 그리고 친구들과 함께한 그 시절은 여전히 내 마음의 한켠을 환하게 비춘다. 햇살 아래서 나란히 웃고 있는 사진을 볼 때면 그 시절의 환희가 되살아난다.

그 웃음에는 젊음의 꿈이, 서로에 대한 애정이, 그리고 삶을 사랑하려는 다짐이 담겨 있었다. 세월이 흘러도 그 미소는 여전히 내 안에서 따뜻하게 빛난다.

흙과 함께 숨 쉬는 시간

이제는 자연이 내 벗이 되었다.

아침이면 손끝으로 흙을 만지고 햇살과 바람 속에서 작게 자라는 생명을 바라본다. 옥상에 텃밭을 만들어 고추, 상추, 오이, 깻잎 하나에도 삶의 기쁨이 스며 있다. 삶이란 흙과 닮았다. 밟히고, 젖고, 때로는 메마르지만 그 안에서 새 생명이 움튼다. 나도 그런 사람이고 싶다. 누군가의 발자국 속에서도 다시 피어날 수 있는, 그런 마음의 흙으로 남고 싶다.

창가에 앉아 바라본 인생의 오후

창가에 언니와 나란히 앉아 밖을 바라본다.

세상은 여전히 바쁘게 돌아가지만 우리의 시간은 느리게 흐른다.

그러나 그 느림 속에서 오히려 더 많은 것을 본다. 나무의 색이 바뀌는 계절, 새들이 머물다 떠나는 순간, 바람에 흔들리는 잎새 하나의 의미까지, 삶이 이렇게 고요할 수 있다는 사실이 새삼 감사하다.

이 나이에 시를 쓴다는 건, 어쩌면 내 마음에 아직도 봄이 남아 있다는 증거일 것이다.

내 삶의 길 위에서

〈내 삶의 색깔〉이라는 제목으로 시를 쓰던 날 오래된 사진을 느림 속에서 오히려 더 많은 것을 본다.
나무의 색이 바뀌는 계절, 새들이 머물다 떠나는 순간,
바람에 흔들리는 잎새 하나의 의미까지,
삶이 이렇게 고요할 수 있다는 사실이 새삼 감사하다.

꺼내 놓았다.

어릴 적의 얼굴, 젊은 날의 나, 그리고 지금의 내가 한 자리에 놓여 있었다.

그 모든 나를 꿰어주는 실은 '사랑'이었다. 사람은 누구나 길 위에서 많은 인연을 만난다. 함께 웃던 이, 손을 잡아주던 이, 지금은 멀어졌지만 마음 속에 남은 이들까지, 나는 그 모든 인연을 감사히 품었다. 떠난 이의 발자국마저도 내 삶의 무늬가 되었다.

나를 만든 색깔

삶의 시간은 그냥 지나가는 것이 아니다. 그것은 나를 만든 색깔이 된다.

기쁨의 노랑, 슬픔의 파랑, 용기의 빨강, 평안의 초록, 그 색들이 모여 지금의 내가 완성된다.

나는 이제 안다. 삶의 아름다움은 젊음의 빛깔에만 있는 것이 아니라, 세월이 만든 그윽한 색감 속에 깃든다는 것을!

인생의 색은 시간이 쌓여 만들어진 깊이의 결과물이다.

오늘도 나는 작은 순간에도 웃으려 한다. 웃음은 내 삶을 비추는 가장 밝은 색이기 때문이다.

가족이라는 이름의 색깔

이제 내 하루는 조용하다. 그러나 고요 속에서도 나는 여전히 꿈을 꾼다.

삶의 끝자락에서조차 새로운 노래를 부르고, 아직도 배우고, 사랑하고, 감사하며 살고 싶다. 무엇보다 내 삶을 가장 아름답게 물들인 것은 가족이다.

언니의 따뜻한 눈빛, 동생의 다정한 손길, 사랑했던 남편, 두 아

삶의 끝자락에서조차 새로운 노래를 부르고,
아직도 배우고, 사랑하고, 감사하며 살고 싶다.
무엇보다 내 삶을 가장 아름답게 물들인 것은 가족이다.

들, 두 딸, 며느리, 사위, 손자, 외손자, 외손녀들, 함께 나눈 긴 시간의 대화들.

그 모든 것이 내 인생의 색을 더 깊고 부드럽고 아름답게 만들어 주었다.

가족은 내 삶의 가장 큰 선물이다. 우리는 함께 웃고, 함께 슬퍼하고, 고통을 나누며, 서로의 존재만으로도 큰 위로가 된다.

인생의 의미가 무엇이냐 묻는다면, 나는 주저 없이 말할 것이다.

인생은 덧칠된 색들의 조화이며, 그 색들은 사랑하는 사람들과 함께 살아낸 시간의 흔적이라고….

내 고향 여주

나는 언제나 그리움을 안고 산다.

세월이 흐를수록 마음 한편에 자리 잡고 있는 그리움은 나를
지탱해 준 또 하나의 힘이었는지 모른다.

그리움이 있다는 것은 지나온 시간이 있고, 품고 살아온 사람
들이 있으며, 마음 속 깊은 곳에 아직도 살아 숨 쉬는 추억들이
있다는 것이다.

내 고향 여주(驪州)에는 가섭이라는 동네가 있다. 그곳은 어린
시절을 통째로 품어 안고 있는 푸른 동산이다.

아버지, 어머니가 잠들어 계신 양지바른 산언덕이 있고, 봄이
면 앞산 망두고장(산이름) 등성이마다 개나리, 진달래가 흐드러
지게 피고 살구꽃, 복사꽃이 온 동네를 분홍빛으로 물들였다.

바람이 불면 연분홍 꽃잎들이 떨어지며 마을을 살구꽃, 복사꽃

향기로 뒤덮는다.

우리 집 앞마당에서는 어미닭이 새끼병아리를 데리고 또랑물 따라 산보를 간다.

병아리는 종종종 걷고 뛰며 파다닥 날갯짓도 해 본다. 어미닭이 물 한 모금 먹고 하늘 한 번 쳐다보면 아기병아리도 엄마 따라 똑같이 한다.

내 동생 재영이가 병아리 한 마리를 손바닥에 올려놓고 모이를 쪼아먹이던 모습은 잊을 수가 없다. 포근한 햇살 아래 반짝이던 병아리의 그 작은 까만 눈빛! 조심조심 손가락을 움직이며 행여 병아리가 손에서 떨어질까 태우며 집중하던 재영의 얼굴 표정, 지금도 뚜렷하게 떠오른다.

어린 우리에게도 생명은 경이로움이었고, 그 경이로움이 삶이었다.

뒷동산에 올라 동생과 나는 할미꽃을 따 족두리를 만들고, 클로버 꽃으로 반지를 만들어, 재영이는 신랑, 나는 각시 족두리 쓰고 꽃반지 끼워주며 깔깔거리며 웃던 그 시절, 정분이네 밭둑에 줄지어 심어 놓은 뽕나무에 오디 열매가 빨개지면서 까만빛으로 익어가면 우리 남매는 뽕나무 가지를 잡아당겨 대롱대롱 매달려서 오디를 따 먹으면 입안이 까마졌다.

서로 쳐다보고 손짓하며 깔깔 웃던 그 시절 그때! 우리 남매에게 하루는 언제나 새로웠고 작고 사소한 것도 즐겁고 보물이 되곤 했다. 가진 것이 없어도 다 가진 것처럼 행복했던 어린 시절이었다.

그 모든 순간들이 빛나며 두고두고 우리를 간직할 아름다운 기억이 될 것이다.

이제는 재영이도 나도 어느덧 머리카락엔 하얀 서리가 내려앉

저녁노을이 질 때 옥상에 올라 붉게 물드는 하늘을 본다. 서럽도록 아름답다.
다시는 돌아오지 않을 하루를 가장 화려한 빛으로 보여주려는 듯,
마지막 힘을 다해 타오른다.

앗고, 얼굴엔 검버섯 잔주름이 생겨나고, 웃음과 슬픔, 기쁨과 아픔이 쌓여 만든 삶의 흔적들이 하나둘 늘어난다. 그런 변화 속에서도 오히려 옛날이 더욱 또렷이 살아난다.

흐르는 세월이 그리움을 더 깊이 익혀 주는 것 같다.

저녁노을이 질 때 옥상에 올라 붉게 물드는 하늘을 본다. 서럽도록 아름답다. 다시는 돌아오지 않을 하루를 가장 화려한 빛으로 보여주려는 듯, 마지막 힘을 다해 타오른다.

노을빛이 산등성이를 감싸면 내 고향 가섭에서의 어린 시절이 떠오른다. 우리 집 뒤뜰에 노란 살구가 익어 밤사이에 바람이 불면 땅에 많이 떨어진다.

어린 자식 아침잠에서 깨우려고, 살구 다른 사람이 주워간다고 흔들어 깨우시던 아버지의 얼굴! 뒤뜰 옹달샘에서 발가벗고 바가

지로 물을 떠 머리 위에서 내려 부우면 입술이 파래지면서 추워서 흐느끼면 옥분아, 재영아, 옷 입으라고 부르시던 어머니의 목소리가 들리는 것 같다.

  고향이란 잃어버린 것을 붙잡는 슬픔이 아니라 내 안에서 자라난 빛 같은 것이다. 돌아갈 수 없기에 아픈 것이 아니라 돌아갈 곳이 있기에 따뜻한 것이다.
  지나간 날을 떠올릴 때마다 마음이 젖어 드는 것은 그 안에 사랑한 사람들이 있고 그들과 함께 웃고 울던 나의 시간이 숨쉬기 때문이다.
  그리워할 사람이 있고 고향의 추억이 있다는 것은 참으로 큰 행복이다.
  내 삶을 환하게 비추는 등불이다.

네팔 여행기

가을이 익어가는 계절이면 가끔 생각나는 곳이 있다.

수삼 년 전 네팔 카트만두에 살고 있는 조카딸 초청으로 언니 내외와 우리 내외는 인천 공항에서 태국 가는 비행기를 탔다.

그때는 네팔 직항로가 없었다. 태국을 경유해야 하므로 우리 일행은 태국 방콕에서 하룻밤을 잤다.

다음날 방콕 공항에서 3시간 30분을 비행하여 네팔 카트만두 공항에 도착했다.

마중 나온 조카딸 가족들의 환영을 받으며 반갑게 얼싸안았다.

우리 일행은 한 달가량 머무를 예정이었으므로 이민 가는 짐만 큼이나 먹을 것을 많이 가지고 갔다.

그 시절 네팔은 공항에서 좋은 물건은 뒤로 빼돌리는 후진국이었다.

　우리는 네팔 고위급에 계시는 분의 지시로 검사도 받지 않고 무사히 도착했다.

　조카딸 내외는 선교 사업을 했다. 한국 교회에서 후원을 받아 카트만두 시내에서 조금 떨어진 고급 주택에서 살고 있었다.

　2층에 여장을 풀고 창밖을 내다보니 탁 트인 벌판에 황금빛 물결이 출렁이고 아득히 먼 곳에서 저녁연기가 모락모락 피어오르고 있었다.

　마치 전형적인 우리나라 1950년대 시골 가을 풍경이었다.

　잠시 어릴 때 여주 내 고향 집이 생각났다.

　우리 집 일광문(日光門)에서 내다보면 바우배기 들판에 누런 벼가 익어가고 저녁노을이 붉게 물들 때 초가집 굴뚝에서 저녁연

잠시 어릴 때 여주 내 고향 집이 생각났다.
우리 집 일광문(日光門)에서 내다보면 바우배기 들판에 누런 벼가 익어가고
저녁노을이 붉게 물들 때 초가집 굴뚝에서 저녁연기가 났다.

기가 났다.

그 연기들이 모여 왕다니 골짝으로 가면 초상이 난다는 어머니의 말씀이 떠올랐다.

그래서 우리 어머니는 일찍 세상을 떠나셨는지도 모른다.

조카사위는 목사다. 1999년도에 가족을 데리고 선교를 하기 위해 네팔에 왔다.

네팔은 힌두교 87%, 불교 8%, 이슬람교 4%로 힌두교 국가이다. 그러므로 네팔에서 비공식으로 선교를 해야 한다. 목사라고 하면 그날로 추방당한다.

다음날 조카사위, 조카딸 해나와 왕규 그리고 보육원에서 데려다 키우는 따루(한국 이름으로 신규라고 지었다), 언니 내외, 우리 내외 모두 아홉 식구가 모였다.

우리는 함께 카트만두 시내를 관광했다.

14세기의 웅장한 왕궁과 돌로 지은 수많은 신전의 건축물들은 네팔 문화의 보고(寶庫)이다.

네팔인들은 신전에서 티 없이 맑고 순수한 모습으로 꽃과 공양물을 올리고 기도를 드리고 있었다.

신전 앞에 까만 소가 누워 있었다. 카트만두 거리는 매연 냄새와 뿌연 연기가 가득하다. 소들이 큰 도로 가운데 누워 있어도 자동차들이 매연을 푹푹 뿜어대며 소를 피해서 달려간다. 힌두교 국가라서 소를 우상화하기 때문이다. 그래서 소고기는 먹지 않는다고 한다.

다른 동물들도 거리를 돌아다니고 사람과 차와 함께 공존하면서 살아간다.

네팔 여인들은 까만 머리를 길게 기르고
이마에 붉은 삐까(신께 빌어 축복 받는 표시)를 찍고 팔목에는 많은 장신구를 걸고
맑은 눈동자 밝은 미소로 낯선 이방인들을 반겨준다.

네팔 여인들은 까만 머리를 길게 기르고 이마에 붉은 삐까(신께 빌어 축복 받는 표시)를 찍고 팔목에는 많은 장신구를 걸고 맑은 눈동자 밝은 미소로 낯선 이방인들을 반겨준다.

문명이 후진국이기는 하지만 자연에 순응하면서 욕심 없이 마냥 행복해 보이는 그들의 모습에서 친근감을 느끼게 한다.

우리는 아침밥만 먹으면 카트만두 시내를 관광했다.

며칠 지나서 포카라로 관광을 떠났다. 포카라는 네팔에서 915m 위에 있다.

세계에서 제일 높은 제1봉 안나푸르나와 신비로운 영봉(靈峰) 마차프츠레(생선꼬리 같다는 뜻)가 가까이 있는 해돋이를 보기 위해서 새벽 2시에 출발했다. 그래야 정상에서 해돋이를 볼 수 있다.

정상은 1592m이다. 경사가 심해서 숨을 헐떡이며 올라갔다. 새벽어둠 속에서 모습을 드러내는 영봉 마차프츠레의 장엄한 모습을 보기 위해서이다.

구름이 지나가고 붉은 해가 솟아올랐다. 찬란한 아침 햇살에 하얗게 눈이 덮인 마차프츠레 영봉! 햇빛이 거대한 산봉우리를 비출 때 그 신비함은 내 짧은 글 재주로는 뭐라 표현할 수 없었다. 손뼉도 칠 수 없었다. 환호도 할 수 없었다.

18년이 지난 지금도 몸에 전율을 느낀다.

페와호수는 페와호수가 생기기 전에 그 일대가 바다에서 육지로 변할 때 남겨진 호수라고 전해져 내려오고 있다.

네팔 중서부 지방에서 가장 크며 쌓여 있는 눈이 녹으면서 물이 모여 생긴 호수이다.

구름이 지나가고 붉은 해가 솟아올랐다.
찬란한 아침 햇살에 하얗게 눈이 덮인 마차프츠레 영봉!
햇빛이 거대한 산봉우리를 비출 때 그 신비함은
내 짧은 글 재주로는 뭐라 표현할 수 없었다.

날이 맑은 날은 마차프츠레가 물속에 훤히 보이기 때문에 한여름 빼고는 여행객들이 많이 몰려온다고 한다.

우리 일행은 배를 나누어 타고 서로 마주보며 감격에 손을 흔들며 사진을 찍었다. 또 마차프츠레를 뒤 배경으로 많은 사진을 찍었다. 남편과 다정히 앉아 등산모와 선글라스를 쓰고 멋있는 포즈로 찍었다.

지금도 우리 집 벽에 사진이 걸려 있다. 둘이 찍은 사진을 보고 남편 친구들은 네팔에 다녀온 것을 인정했다.

삼각형같이 뾰족한 산봉우리 안나푸르나는 마차프츠레 왼쪽에 있다.

날이 맑아서 그 거대한 모습을 드러내보여 주었다.

엄청 행운이었다. 모두들 간절히 기도하여 신의 가호로 안나푸르나봉과 마차프츠레봉의 거대하고 장엄한 모습을 볼 수 있었던 것 같았다.

　다음 여행지는 유네스코 야생동물 구역인 치트완으로 가기 위해 봉고차로 아홉 식구가 같이 갔다. 네팔 자동차는 보통 15년에서 20년 넘은 낡은 차들이었다.

　우리 가족은 그래도 성능이 좋다고 하는 차를 구입했는데도 가다가 중간에서 고장이 나서 몇 시간을 고쳐서 타고 갔다. 까마득한 낭떠러지에서 석회석 강물이 흘렀다.

　높은 산과 돌이 많고 희뿌연 물이 강물을 이루었다.

　강줄기를 따라 그 위에 비포장 길을 덜컥덜컥 달렸다.

　때로는 자동차가 까마득한 낭떠러지 아래 강물에 떨어질 것 같아서 불안하고 몸이 아찔아찔했다.

높은 산과 돌이 많고 희뿌연 물이 강물을 이루었다.
강줄기를 따라 그 위에 비포장 길을 덜컥덜컥 달렸다.
때로는 자동차가 까마득한 낭떠러지 아래 강물에 떨어질 것 같아서
불안하고 몸이 아찔아찔했다.

우리 일행은 가는 도중에 경치가 아름다운 큰 나무 밑에서 준비해 간 김밥과 과일 석류를 먹고 따끈한 네팔의 전통차 찌아를 마셨다.

몇 시간을 달려서 치트완 와이들사파리 호텔에 도착했다.

그 호텔에서 이틀을 묵으면서 관광을 하기로 했다.

치트완은 인도로 가는 남쪽이라서 더웠다.

다음날 유네스코 야생동물 구역인 국립공원에 도착했다.

조카사위는 열심히 비디오 촬영을 했다. 우리가 카트만두 공항에 도착해서부터 비디오를 찍었다.

우리 행동 하나하나를 비디오에 담고 여행 가는 곳마다 설명을 해 주었다.

조카사위는 훌륭한 우리의 가이드였다.

국립공원에서 우리 일행은 두 팀으로 나누어 코끼리를 탔다

코끼리 등에다 안장을 만들어 여러 사람이 탈 수 있게 하고 종 사자가 앞에 타 코끼리를 지휘했다.

우거진 나무 숲속에는 코뿔소가 새끼를 데리고 놀고 있다. 하마도 숲속에 있는 큰 연못에서 두 마리가 헤엄치며 놀고, 사슴들은 숲속에 무리지어 연신 우리 쪽을 바라보고 있다.

나무와 숲이 많이 우거진 곳에 호랑이 두 마리가 있는데 궁둥이만 보였다.

숲속에 있는 동물들이 놀란다고 우리는 말도 못하게 하고 코끼리 등에서 이리 기우뚱 저리 기우뚱 서로 꼭 잡고 눈만 마주쳤다.

코끼리는 걸으면서도 나뭇잎을 뜯어 먹는다. 얼마를 가니 강이 나왔다. 코끼리는 우리를 태운 채 강을 건너면서 연신 코로 물을 마신다.

행여 악어가 나타나서 배를 뒤집을 것 같아 어른들도 숨을 죽여가며 카누를 탔다.
물이 흐르는 강변 숲에는 형용할 수 없는 수많은 종류의 새들이 서식하고 있었다.
긴장과 스릴, 아름다운 많은 새들이 대자연 속에서 자유로이 살아가는 그들이 부러웠다.

다음 코스는 라이탈이라는 인공으로 만든 람더강에서 카누를 탔다. 물속에 악어가 많이 서식하기 때문에 말 한마디도 못하게 한다. 우리 손자 손녀는 무섭다고 머리를 파묻고 고개도 들지 못했다.

행여 악어가 나타나서 배를 뒤집을 것 같아 어른들도 숨을 죽여가며 카누를 탔다. 물이 흐르는 강변 숲에는 형용할 수 없는 수많은 종류의 새들이 서식하고 있었다.

텔레비전에서도 책에서도 보지 못한 형형색색 색깔을 가진 새들이 숲을 날고 아름다운 목소리로 짝을 부르고 있다. 우리 일행은 숨소리도 크게 내지 못해서인지 악어의 공격을 받지 않고 무사히 강을 건넜다. 긴장과 스릴, 아름다운 많은 새들이 대자연 속에서 자유로이 살아가는 그들이 부러웠다.

다음 코스는 코끼리가 서식하는 사육장이다.

그곳에는 나이 많은 할아버지 코끼리, 할머니코끼리, 아버지코끼리, 어머니코끼리, 오빠코끼리, 언니코끼리, 동생코끼리, 아기코끼리가 모여 대자연 속에서 대가족을 이루고 있다.

어른코끼리들은 두 발을 쇠사슬로 묶어 놓았다. 오빠코끼리는 긴 코로 쇠사슬을 손짓하며 불편하다고 풀어 달라고 하는 것 같았다.

애기코끼리는 자유롭게 돌아다닐 수 있게 풀어 놓아서 제멋대로 돌아다니면서 여행객의 사랑을 듬뿍 받으며 맛있는 것도 많이 얻어먹는다.

우리 손자 손녀들은 애기코끼리가 귀여워서 따라다니면서 등도 만져보고 궁둥이도 만져보고 코도 만져보고 애기코끼리 가는 대로 따라다녔다.

건빵을 주니깐 코로 냄새만 맡고 돌아선다. 초콜릿을 좋아한다고 한다.
초콜릿을 손바닥에 놓아주니 코로 집어먹었다.
그것을 본 아이들은 귀엽고 신기해서 마냥 즐거워했다.

건빵을 주니깐 코로 냄새만 맡고 돌아선다. 초콜릿을 좋아한다고 한다. 초콜릿을 손바닥에 놓아주니 코로 집어먹었다. 그것을 본 아이들은 귀엽고 신기해서 마냥 즐거워했다.

우리는 치트완 국립공원을 다 돌아보고 호텔로 돌아왔다.
피곤한 줄도 모르고 저녁에 윷놀이를 했다.
네팔팀과 서울팀으로 나눴다. 네팔팀은 조카딸, 해나, 왕규이고, 서울팀은 언니 내외, 우리 내외로 윷판은 내 남편이 잡았다. 조카사위는 열심히 촬영했다. 재미있고 즐거웠다.
이틀 동안 치트완 유네스코 국립공원 여행을 마치고 카트만두 조카딸 집으로 돌아왔다.

형부는 장로님, 언니는 권사님, 조카사위는 목사님으로 온 가족이 기독교 신자다. 식사 때마다 가족들이 돌려가며 기도를 한다. 나와 내 남편은 불자이다.

그러나 우리 내외도 같이 기도를 했다. 한 번은 나보고 기도를 하라고 했다. 나는 불자이지만 기도의 궁극적 목적은 같다는 생각에 감사한 마음을 담아 기도했다.

기도가 끝나고 식사할 때 내 남편은 한국에서 가지고 간 소주로 반주를 했다. 마침 일요일이어서 집에서 예배를 보고 찬송가도 부르고 설교도 했다.

목사인 조카사위는 예수님께서 제자인 베드로의 발을 씻어주는 설교를 했다. 나는 나도 모르게 눈물이 주르르 흘러내렸다. 제자의 발을 씻어주는 예수님의 지극한 사랑에 감동했던 것이다.

다음 날은 조카딸과 친분이 있는 네팔 정부에서 장관을 지낸 네팔에 올 때 라면을 잊지 말고 꼭 가져오라는 조카딸의 부탁이 있었다.
남편과 여행 짐을 꾸리면서 그곳까지 라면을 가지고 간다고
티격태격하면서 몰래 짐 속에 넣어갔던 것이다.

집안 며느님이 우리 가족 모두 식사 초대를 했다. 우리는 한국에서 가지고 간 라면을 선물로 가져갔다.

네팔에는 라면이라는 이름도 모를 때다. 네팔에 올 때 라면을 잊지 말고 꼭 가져오라는 조카딸의 부탁이 있었다. 남편과 여행 짐을 꾸리면서 그곳까지 라면을 가지고 간다고 티격태격하면서 몰래 짐 속에 넣어갔던 것이다.

장관 집은 호화 주택이었다. 손님을 초대하는 큰 식당이 따로 있었다. 하인(네팔에서는 종이라고 부른다)을 두고 일체 식사 시중을 하인이 했다.

우리나라 뷔페식으로 네팔 전통 음식과 우리 한국인 입맛에 맞게 많은 음식을 준비했다.

조카딸 덕분에 장관 집도 가 보고 분에 넘치는 대접을 받았다.

형부와 언니, 우리 내외, 조카딸 내외는 히말라야 눈 덮인 산을 보기 위해 트리만인터내셔널공항(국내선)에 도착했다.

mountain air라고 쓴 비행기가 여기저기 있었다.

첫 비행은 6시 40분에 출발하여 40분을 비행한다고 한다. 항공료는 100$이다. 12명 탈 수 있다. 양쪽 창가에 한 사람씩 앉았다. 우리 일행과 유럽인이 탑승했다.

그 거대한 히말라야를 본다는 생각에 마음이 흥분되어 비행기는 아직 움직이지도 않았는데 가슴이 두근거리고 설레었다.

세계의 지붕 세계 최고의 봉 에베레스트!

인도 북동쪽 네팔과 티베트 국경에 솟아 있는 8848m인 에베레스트는 국제선 여객기의 비행고도와 같다고 한다. 에베레스트산은 히말라야산맥의 네팔령에 속해 있다.

네팔 사람들은 사가르마타(sagarmatha)라 부른다. 사가르마타

신성시해서 인간이 올라갈 수 없는 마차프츠레의 위용! 안나푸르나의 장엄한 모습!
이름도 모르는 높은 봉우리 봉우리들을 비추는 햇빛!
비행기를 타고 가까이에서 직접 볼 수 있다는 환희에
온몸의 전율과 탄성과 환호를 내뿜었다.

는 네팔어로 하늘의 여신이라고 한다.

비행기가 이륙하여 점점 고도를 높이면서 저 멀리 눈 덮인 삼각형처럼 뾰족뾰족한 산봉우리와 거대한 절벽들이 줄이어 끝도 없이 펼쳐져 있고 멀리 고원분지 구름! 짙푸른 하늘!

신성시해서 인간이 올라갈 수 없는 마차프츠레의 위용! 안나푸르나의 장엄한 모습!

이름도 모르는 높은 봉우리 봉우리들을 비추는 햇빛! 비행기를 타고 가까이에서 직접 볼 수 있다는 환희에 온몸의 전율과 탄성과 환호를 내뿜었다.

아! 히말라야, 아! 히말라야, 아! 히말라야, 눈물이 핑 돌았다.

20여 년이 지난 지금도 이 글을 쓰면서 그때의 감격에 눈물이 난다.

오래오래 기억에 남을 것이다.

한국에 돌아오기 전날 조카사위가 장모님이 사준 색소폰으로 슈만의 트로이메라이 노래를 연주해 주었다. 조카사위 김연정 목사는 성악가 못지않게 노래도 잘 부른다. 작곡도 해서 노래를 만들어 부른다.

지금은 한국 교회에서 담임 목사로 사명을 다하고 있다.

25일 동안 네팔 곳곳을 다니면서 많은 유적지와 명승지를 볼 수 있게 프로그램을 짜서 설명해 주고 비디오를 촬영해 두 개의 테이프까지 만들어 준 조카사위, 조카딸 금래에게 무한한 감사를 드린다.

아홉 식구가 같이 여행하고 같이 뒹굴면서 맛있는 음식도 해

25일 동안 네팔 곳곳을 다니면서 많은 유적지와 명승지를 볼 수 있게
프로그램을 짜서 설명해 주고 비디오를 촬영해 두 개의 테이프까지 만들어 준
조카사위, 조카딸 금래에게 무한한 감사를 드린다.

먹고, 또 사 먹고, 발랄한 손녀 해나와 왕규, 신규, 부모 같은 언니내외와 지금은 고인이 된 내 남편에게도 감사한 마음을 전하고 싶다.

네팔인 운전기사와 집안일을 돌봐준 우루미에게도 감사를 전한다.

내
삶의 색깔

제 5 부

꽃밭

:

학륜스님 금산식

대자대비 부처님의 무애 위신력이 찬란한 광명으로, 화광사 불자들은 일심정성 기울여 삼보님 전에 계수례하옵니다.

부처님이 모든 중생을 윤회에서 벗어나 해탈의 경지로 안내하고자 왕궁을 벗어나시듯 화광사 주지 학륜스님께서도 소년기에 해인사에 출가하시고, 경기도 구리시 갈매동 보현사에서 고광덕 큰 스님 뫼시고 시봉하시며 정진하셨습니다.

평생을 부처님 제자로 집념과 피나는 인내로 끝없는 정진 또 정진으로 수행하셨습니다.

1999년 경기도 남양주시 화도읍 월산리 70의 51호 청월산 중턱에 정토를 마련하셨습니다.

텐트를 치고 하늘을 보니 달도 밝고, 별도 밝아 청월사라 이름을 지으셨다는 스님의 말씀을 들은 적이 있습니다.

믿음, 전법, 성취를 신념으로, 신묘장구대다라니를 주력하여 용맹 정진으로 법당을 건립하시고, 원불전, 전각을 조성해 천불 부처님을 모시고 육바라밀 기도회를 결성하여 신도들의 기도처로 심신을 키워주신 우리의 학륜스님! 원불전 이층에 칠원성군, 나반존자, 산왕대신을 모시었습니다.

새로 대법당을 삼층으로 건립하시고 도량에 소나무, 살구나무, 대추나무, 매실나무에서 열매가 열리고 온갖 꽃들을 심어 철 따라 아름다운 꽃들이 피고 지고 또 핍니다.

사물팀을 만들어 부처님 오신 날에 장엄을 꾸며 신도들의 환희를 보시고 즐거워하시는 스님! 큰 법당 뒤 산 위에 산신각을 조성하여 산신님이 중생을 굽어보게 하시었습니다.

묵묵히 저희들의 마음을 어루만져 주시고 지쳤을 때 용기와 삶에 힘이 되어 주신 우리 스님. 화광사 불사에 온갖 힘 쏟아부어 오늘의 화광사를 있게 했습니다.

부처님의 전법도량, 원만히 성취되어 저희들은 기도 정진하고 있습니다. 부처님께서 든든한 믿음 주시고, 큰 지혜, 굳은 용기 주셨사오며 진실 향한 줄기찬 정진의 힘을 끊임없이 두호하여 주셨습니다.

스님의 이룬 공로가 나라를 빛내고 겨레를 위한 공덕으로 성숙되오며 간절히 바라옵나니! 스님의 심신은 강건하시옵고 지혜와

스님의 이룬 공로가 나라를 빛내고 겨레를 위한 공덕으로
성숙되오며 간절히 바라옵나니! 스님의 심신은 강건하시옵고
지혜와 덕성은 더욱 빛나며 복덕은 큰 바다에 넘쳐지이다.

덕성은 더욱 빛나며 복덕은 큰 바다에 넘쳐지이다.
화광사 불자 모두에게 보살도로 회향하게 되어지이다.

스님 수고하셨습니다.
고맙습니다.

불기 2568년 갑진년 9월 26일

화광사 신도 일동

사창리의 여름밤을 살다

산으로 둘러싸인 사창리 산골의 밤이 깊어간다
군사 지역이라 불빛 하나 없는 어둠 속
자연은 오래된 모습 그대로 숨 쉬고
인적 드문 마을은 고요 속에 엎드려 있다

여름 하늘엔 북두칠성과 백조자리가
손에 잡힐 듯 선명하게 떠오르고
그 별자리를 가리키며 지난날과
앞으로의 날들을 소곤소곤 이어 붙인다

앞산 어귀에서 들려오는
고라니 울음 꽥— 꽥—
적막을 가르며 가슴을 두드리고

맑은 공기 속에 울리는
뻐꾸기의 울음은
슬프도록 투명한 종소리 같아
밤의 숨결을 더욱 차분히 가라앉힌다

바람에 실려 오는 들꽃의 향기
밤나무 꽃의 알싸한 내음
참나리꽃의 붉은 기운
달맞이꽃의 은은한 숨결
망초꽃의 가벼운 향기까지
섞여 흘러오면
내 마음도 한 송이 꽃처럼 흔들린다

별빛 아래에서 장식된 이 여름밤
사창리의 조용한 시간 속에
나의 행복도 깊어지고
삶의 한 페이지가
촘촘히 새겨져 간다

꽃밭

사람은 누구나 마음속에 저마다의 밭을 하나쯤 품고 살아간다.

어떤 밭은 어린 날의 추억으로, 어떤 밭은 상처와 그리움으로 가득 차 있지요.

며칠 전 이상하다 싶을 정도로 포근하고 따뜻했던 봄날, 옥상으로 올라갔다.

옥상에는 해마다 흙을 부어 만든 나만의 작은 꽃밭이 있다.

겨울 동안 과일 껍질과 음식 찌꺼기를 모아 발효시킨 퇴비와 흙을 잘 섞어 손끝으로 흙을 고르고 자잘한 돌을 골라냈다.

흙 속에서 작년 봄에 떨어졌던 씨앗들이 싹을 틔워 오밀조밀 고개를 내밀기 시작했다.

채송화, 봉선화, 금송화, 분꽃, 이름도 모르는 들꽃들까지 그 작은 생명들이 다시 돋아나고 있었다.

옆 화분에서도 몇 년 전에 고향 산소 옆에서 캐다 심은 붓꽃과 할미꽃 새싹이 뾰족이 올라오고 있었다.

　보통은 꽃밭이 마당에 있지만 내겐 옥상 한켠이 꽃밭이다.
　하늘 가까운 곳, 햇볕이 가까이 와 닿는 곳이어서 꽃들이 잘 자란다.
　조금 있으면 붓꽃 꽃대들이 쭉쭉 올라와 보랏빛 꽃을 피우고, 솜털이 보슬보슬 달린 등 굽은 할미꽃이 배시시 웃음 짓고, 분꽃도 분향기 날리며 아침저녁으로 나팔 불듯이 빨강 노랑꽃을 피운다.
　앙증맞은 채송화가 분홍, 진분홍, 노랑, 흰색 여러 색깔로 꽃을 피우면 나비들이 날아오고 벌들이 향연을 열어준다.
　해가 중천에 오면 햇빛이 눈부시다고 꽃잎을 오므리고 저녁때를 기다리는 귀여운 채송화! 나는 예쁜 꽃들을 보러 아침저녁으

"꽃밭은 날마다 같은 모습은 아니다."
어떤 날은 비에 젖고, 어떤 날은 바람에 흔들리고, 어떤 날은 햇볕에 웃지요.
인생의 삶도 그와 다르지 않은가 봅니다.

로 매일 옥상으로 올라간다.

"꽃밭은 날마다 같은 모습은 아니다."

어떤 날은 비에 젖고, 어떤 날은 바람에 흔들리고, 어떤 날은 햇볕에 웃지요. 인생의 삶도 그와 다르지 않은가 봅니다.

남편과 사별하고 삶이 허전함 속에 텅 빈 시간을 채우고자 글을 쓰기 시작했고, 시를 배우기 시작했지요.

처음엔 낯설고 어려웠지만 어느새 시가 내 마음을 비추어 주는 거울이 되었고, 그 시들이 한 권의 시집이 되어 나를 이야기하게 되었지요.

꽃을 피우던 시절도 있었고, 때론 가뭄처럼 메마른 시간도 있었지만.

"이 봄의 꽃밭을 보며 새삼 알게 되었습니다."

131

잘 여물은 씨앗이 싹을 틔우듯이, 내 안에도 꽃밭은 언제든 새롭게 갈아 꾸미고 다시 심고 가꾸면 아름다운 꽃을 피워낼 수 있는 꽃밭이 있다는 것을 알게 되었지요.

봄은 단지 계절이 아니라, "다시 시작하는 삶의 터전이라는 것을."

입시생을 위하여 염주대에 가다

염주대에 갔다.

철야기도를 하기 위해 입시생 엄마 절(寺) 도반(道伴) 세 사람이 길을 떠났다.

중랑구 면목동에서 출발하여 과천역에 도착하니 저녁 6시경, 10월이어서 어둑어둑했다. 우리 일행은 우선 마트에 들러서 손전등을 하나씩 샀다.

염주대를 몇 번 참배한 경험이 있는 내가 길 인도를 하게 되었다.

산은 온통 적막강산 칠흑 같은 밤이었다.

별빛만이 우리의 가는 길을 밝혀 주었다.

우리 일행은 40대 중반으로 고3 입시생을 둔 어머니들이다.

우리는 간절한 마음으로 산을 올랐다. 옆에서 뺨을 때려도 보이지 않는 캄캄한 밤이라, 우리는 말은 하지 않았어도 무서웠다.

산짐승이 뛰쳐나와 덮칠 것만 같았다. 우리는 숨을 죽여 가며 마음속으로 관세음보살을 염(念)하면서 올라갔다.

두 시간 가까이 걸려서 염주대에 도착했다.

염주대(念珠臺)는 신라 고승이신 의상대사가 창건하시었다.

태종의 맏아들 양녕대군과 둘째 효령대군이 왕좌에 오르지 못하여 한양에서 가까운 관악산 염주대에 와서 왕자의 미련을 떨쳐 버리려고 수행(修行) 정진(精進)을 하였다고 한다.

관세음보살을 모신 효령각 뜰에는 효령대군이 세웠다는 고려 시대 건축 양식으로 된 높이 3,2m의 3층 석탑도 있다.

두 대군의 한양 왕궁을 기리는 마음을 헤아려서 의상대를 염주대로, 관악사를 염주암으로 부르게 되었다고 한다.

우리 도반은 법당에 들어가서 부처님께 삼배(三拜)의 예를 올리고 철야기도를 시작했다.
천수경을 독경하고 관세음보살을 정근(精勤)하면서 절 한 번 하고 염주 한 알 돌리며
천주가 끝날 때는 몸이 온통 땀으로 젖어 있었다.

우리는 종무소에 들러서 상주하시는 스님과 공양주(供養主) 보살님께 인사를 드리니, 무슨 원(願)이 있기에 이 밤중에 이 산속을 왔느냐고 물어보시어 대학교 입시 기도를 하러 왔다고 말씀드리니 기도하지 않아도 원하는 게 다 이루어졌다고 격려의 말씀을 해 주셨다.

우리 도반은 법당에 들어가서 부처님께 삼배(三拜)의 예를 올리고 철야기도를 시작했다. 천수경을 독경하고 관세음보살을 정근(精勤)하면서 절 한 번 하고 염주 한 알 돌리며 천주(千珠: 염주알 천 개를 실로 꿰어 만든 것)가 끝날 때는 몸이 온통 땀으로 젖어 있었다.

우리는 물을 마셔가며 잠시 쉬었다가 또 관세음보살을 염하면서 절을 했다.

신심(身心)도 있고 체력도 있어 또 1,000배를 했다.

1000배를 목표로 할 때, 108배를 할 때는 모든 잡념이 올라온다.

생각지도 않은 일들까지도 생각이 올라온다.

200배 300배를 할 때에는 원(願)을 세운다.

400배 500배를 할 때는 많이 힘이 든다.

그러나 700배 이상을 하면 일념(一念)이 된다.

무아(無我) 지경에 이른다. 이 경지에 이르기 위해 천 배를 한다.

절은 나를 내려놓는 수행(修行) 방편이다.

새벽 3시 30분 스님께서 도량석을 도시는 목탁 소리가 들렸다.

깊이 잠들어 있던 만물이 어둠과 무명에서 깨어 마음을 깨우는 의식이다.

도량석을 마치시고 스님께서 법당으로 들어오시었다.

스님이 땡 땡 땡하고 종을 치실 때 고요한 대웅전의 공간을 깨우고,
또한 스스로를 깨우는 행위에 신심(信心)이 저절로 묻어났다.
법당 마루에 스님의 염불 소리와 종소리가 안개 깔리듯 퍼져갔다.

우리는 하던 기도를 멈추고 합장하고 스님과 같이 새벽 예불을 부처님께 올렸다.

스님께서 좌복(坐服)에 앉아 종을 치시면서 염불을 하시었다.

종송(鍾頌)은 지옥에서 고통 받는 중생(衆生)과 무명에 갇힌 유주 무주(有主無主) 중생들에게 아미타부처님의 범음(梵音)과 게송(偈頌)을 일깨워 주는 의식이다.

스님이 땡 땡 땡하고 종을 치실 때 고요한 대웅전의 공간을 깨우고, 또한 스스로를 깨우는 행위에 신심(信心)이 저절로 묻어났다.

법당 마루에 스님의 염불 소리와 종소리가 안개 깔리듯 퍼져갔다.

환희심(歡喜心)이 났다. 눈물이 주르르 흘러내렸다. 부처님께 감

사했다.

끝없는 기도와 정진(精進)을 하겠다는 서원(誓願)을 부처님께 빌었다.

세월이 지난 지금도 입시생을 위하여 철야기도를 갔던 그때의 환희심은 잊을 수 없다.

우리 엄마 _진영미

　우리 엄마는 음식 솜씨가 좋으십니다.

　언제나 새로 지은 밥과 보글보글 따끈한 찌개로 마음까지 불러
오는 푸짐한 밥상을 차리십니다.

　우리 엄마는 부지런하십니다.

　옥상에 텃밭을 가꾸어 방울토마토와 여러 야채를 수확하여 계
절에 따라 가족들에게 나누어 주십니다.

　우리 엄마는 정이 많습니다.

　이웃 사람뿐 아니라 이웃집 강아지 안부까지 물으시는 다정한
분이십니다.

　우리 엄마는 다른 사람의 마음을 잘 헤아리십니다.

남이 말로 다 표현하지 못하는 마음까지 헤아리며 말이 아닌 행동으로 그 사람이 필요한 것을 채워주십니다.

우리 엄마는 겸손하십니다.
자신의 뜻을 내세워 주장하지 않고 다른 사람의 의견에 귀를 기울이십니다.

우리 엄마는 긍정적이십니다.
어렵고 힘든 일이 닥쳐와도 주저앉거나 원망하지 않고 할 수 있는 한 힘을 다하여 시련을 이겨내십니다.

우리 엄마는 열린 마음을 가지고 계십니다.
어린 아이나 젊은이들의 마음과 생각을 잘 이해하시며 그들의 어린 날에는 엄마가 그리웠습니다.
젊은 시절엔 엄마를 이해하지 못했으며
그 다음엔 엄마가 안타까웠습니다.

눈높이에 맞추어 어울리며 대화하십니다.

우리 엄마는 솔직하십니다.
삶의 기쁨이나 슬픔을 감추지 않고 표현하며 매 순간 충실하게
인생을 즐기십니다.

우리 엄마는 지혜로우십니다.
자신의 장점과 단점을 잘 알고 자신을 사랑하며 평생 기도와
마음공부를 쉬지 않으셨습니다.

어린 날에는 엄마가 그리웠습니다.
젊은 시절엔 엄마를 이해하지 못했으며 그 다음엔 엄마가 안타
까웠습니다.

그러나 이제는 깨달았습니다.

엄마는 우리에게 필요한 모든 사랑과 가르침을 당신의 온몸으로 온 삶을 통해 주셨다는 것을.

엄마! 고맙고 존경하며 사랑해요

그리움과 기다림, 그리고 따뜻한 가족 사랑

– 성옥분 수필집《내 삶의 색깔》의 수필세계

김 재 엽

(문학평론가, 정치학박사, 지구문학 발행인)

1. 들어가면서

수필의 소재는 생활체험을 통해서 얻는 것이 대부분이어서 넓은 의미로 본다면 우리의 내면세계를 포함하여 이 세상에서 겪는 모든 체험이 수필의 소재가 될 수 있을 것이다. 다만 그 체험들 중에서 수 필문학으로 승화시킬 수 있는 소재를 어떻게 선택하여 작품으로 표 출할 것인가가 매우 중요하다. 더욱이 이렇게 쓴 수필이 무엇보다 신변잡기가 되지 않으려면 주제의식이 뚜렷하고, 뭔가 참신하고 임 팩트 강한 느낌이 있는 소재를 선택하여 문학성 높게 기술하여야 할 텐데, 여기서 2018년 『지구문학』 봄호에 수필 〈미루나무〉를 응 모하여 신인상을 수상하며 수필가로 등단한 성옥분 작가를 주목해 본다. 평생을 교육자로 봉직해 온 남편을 여의고 우울해 있던 차에 큰딸의 권유로 수필 창작에 임하여 어린 시절의 고향을 생각하고, '미루나무'를 주소재로 가슴 깊은 곳에서 우러나는 뜨거운 마음의 소리를 진술하고 서정성 높게 표출함으로써 잔잔한 감동을 전해 준다.

"뒤뜰 언덕에는 하늘을 찌를 듯한 미루나무가 서 있었다. 미루나무 왼쪽 옆으로 대추나무가 예닐곱 그루가 나란히 서 있었고, 오른쪽 옆으로는 큰 살구나무와 복숭아나무와 배나무가 있었다. 그 앞으로는 장독대가 있었고 장독대 옆에는 연분홍색 매화나무와 해당화가 있었다. 장독대 밑으로 작은 옹달샘이 있어 맑은 물이 졸졸 흘러내렸다./ 봄이 되면 미루나무에 싹이 돋아났고 바람이 불면 그 작은 나뭇잎이 햇빛에 반짝이며 살랑거린다. 마치 처음 걸음마를 배우는 아가들이 아장아장 걷는 모습 같다는 생각을 했었다. 나뭇잎이 무성해지면 까치 내외가 작은 나뭇가지를 물어와 둥지를 만들어 새 보금자리를 꾸몄다. 아마도 알콩달콩 사랑을 하면서 새 식구를 맞이할 꿈을 꾸었을 것이다." —(〈미루나무〉 중에서)

내친김에 시 창작에도 정열적으로 임해 팔순의 연치인 2020년 『지구문학』 봄호에 시 〈조팝꽃〉〈난촉이 올라〉〈대보름달〉 등이 당선되어 시인으로도 등단한다. 그리고 이듬해 3월 시집 《난촉이 올라》를 상재하게 되는데, 작품해설에서 함홍근 원로시인은 "성옥분 시인의 첫시집 《난촉이 올라》에 담긴 78편의 시를 읽는 감회는 그 깊이가 사뭇 다르고 크다. 조용하면서도 명상하는 듯한 발상과 굴

러가는 듯한 흐름에 순진함이 넘친다. 넘치는 '외로움' 은 아닐지라도, '그리움' 을 안고 사는 한국적 현모양처의 마음과 태도는 '그리움' 을 '기다림' 으로 승화하려는 구도적, 기도적 갈구는 그만의 장점이기도 하다. 서두르지 않는 차분함, 한이나 탄식, 원망에 물들지 않은 시적 진행은 높이 살 만하다. 또한 운명적 슬픔을 안고 살아가는 애이불비哀而不悲의 한국적 여인들의 참고 견디는 인고의 미덕이 연과 행마다 차고 넘친다"고 상찬하였다.

그리고 다시 5년이 지난 2026년 신춘에 과작이긴 하지만 그동안 열심히 쓴 수필 21편을 모아 수필집《내 삶의 색깔》을 출간하게 되었다. 이에 필자는 특색있는 수필 몇 편을 선하여 독자들과 함께 심층 분석하며 감상해 보는 지면으로 꾸며보고자 한다.

2. 삶의 지속성과 유물 흔적의 미학

1) 우리 집 난蘭

〈우리 집 난蘭〉은 난을 키우는 이야기로 시작하지만 끝내 난을 통해 남편의 부재를 받아들이고 따뜻한 심상을 키워나가는 자애로운 가정의 온도를 보여주는 수필이다.

작품의 첫머리에서 화자는 집에 남은 동양란 세 그루를 애지중지 키운다고 말한다. 그 난은 남편이 정년퇴직할 무렵에 선물로 받아온 것이고, 원래 네 그루였으나 한 그루는 어느 때엔가 죽어버렸다.

이 담담한 사실 배열이 이미 작품의 정조를 정한다. 삶은 늘 넉넉하게 시작하지 않고, 늘 그대로 유지되지도 않는다. 다만 남은 것을 돌보며 다음 계절을 맞이한다.

여기서 난은 단지 아름다운 꽃이 아니라 기다림과 예의를 훈련시키는 존재다. 이른 봄, 난은 주인의 발소리를 듣고 생명의 기세를 이야기하는 동시에, 화자의 마음에도 아직 꺼지지 않은 생의 감각이 있음을 말해 준다. 그리고 유월 초순, 가느다란 꽃대와 붓끝 같은 봉오리가 맺히고, 꽃잎이 벌어지며 다소곳이 머리 숙여 피어난다. 화자는 그 고고한 자태 앞에서 자신도 같이 머리를 숙인다. 꽃의 생김새를 흉내 내는 몸짓이 아니라, 소중한 것을 대하는 태도, 그리고 떠나간 사람을 향한 애도의 자세로 바뀐다.

중반부에서 난의 종류와 향을 구분하고, 난걸이를 이중·삼중으로 올려 거실 한편을 난실로 꾸몄던 시간을 회상하면서 이 수필의 생활감을 단단히 붙잡아 준다. 종류를 나열하고 향을 설명하는 문장은 얼핏 정보처럼 보이지만, 실제로는 부부가 함께 공부하고 가꾸던 시간을 되새기는 장면이다. 난화분마다 이름을 써 꽂아두는 손길, 통풍과 햇볕을 따지는 습관, 분과 난의 조화를 맞추려는 취향까지, 그 모든 디테일이 한 가정의 공동 취미이자 함께 늙어가던 리듬이었다는 사실을 드러낸다. 그래서 난의 향기는 단지 향기가 아니라, 남편과 삶을 공유하던 그 시절 집안에 남아있던 온도의 증거가 된다.

그리고 또 풍란을 심는 과정에서 얇고 넓은 수반에 용토를 깔고 돌과 이끼, 숯을 세워 실로 묶는 작업을 하며 부부가 머리를 부딪치고 '잘 잡으라'고 소리치는 대목은 이 글 자체가 지나치게 비장해지는 것을 막아준다. 사랑은 늘 조용한 것만은 아니다. 정성과 다툼 비슷한 소란이 섞일 때 오히려 삶의 생동감이 선명해진다.

그런데 그렇게 정성을 다했어도 아쉬운 것 하나, 풍란은 한 번도 꽃을 피우지 않았다. 이 실패는 허무가 아니라 삶의 진실에 가깝다. 최선을 다해도 돌아오지 않는 결과가 있고, 그럼에도 불구하고 물을 주며 희망을 갖고 살아가는 사람이 있는 것이다.

후반부에서 남편의 부재는 과장 없이 단정하게 놓인다. '이제 남편은 이 세상에 없다'는 문장 다음에, '난은 변함없이 유월이면 꽃을 피운다.' 이 대비가 작품의 핵심이다. 사람은 떠나도 계절은 오고 꽃은 핀다. 자연의 정확함은 잔인하면서도 역설적으로 위로가 된다.

화자가 김영랑의 시 〈모란이 피기까지는〉을 떠올리는 것도 같은 맥락이다. 시를 인용하는 것이 아니라, 말로 다 담기 어려운 상실을 문학의 리듬에 잠시 기대어 슬픔을 견딜 수 있는 언어로 바꿔내는 것이다.

결국 성옥분 작가가 〈우리 집 난蘭〉에서 보여주는 삶의 태도는 명료하다. '난은 주인의 발소리를 듣고 자란다'는 말처럼, 난은 한때 남편의 발소리를 들으며 자랐고, 이제는 화자의 발소리를 들으며 자란다. 발소리가 바뀌어도 돌봄은 이어지고 기다림은 멈추지 않는다. 내년에도 난은 꽃을 피울 것이고, 화자는 남편을 그리워하며 난

꽃이 피기를 기다릴 것이다. 이 마지막 다짐은 슬픔의 끝이 아니라, 슬픔과 함께 살아가는 일상의 지속이다. 이 수필은 바로 그 '지속성'의 품격을 난 한 송이의 고요한 향으로 증명하고 있어 감동적이다.

2) 대물린 오동나무 책상

〈대물린 오동나무 책상〉은 '책상'이라는 사물을 중심에 놓고, 한 가족의 시간이 어떻게 한 겹씩 포개져 '물건의 역사'가 곧 '사람의 역사'가 되는지를 보여주는 수필이다.

작품은 거창한 사건으로 출발하지 않는다. 큰딸의 고등학교 입학 기념으로 아버지가 사준, 비싸지도 화려하지도 않은 오래된 오동나무 책상 하나. 가볍고, 결이 곱고, 소박하지만 오래 버티는 재질이라는 설명만으로도 이 책상이 앞으로 감당할 세월의 성격이 예고된다. '좋은 물건'이란 수치로 계량되는 값이 아니라, 시간을 견뎌내는 역사의 방식으로 증명된다는 것인데, 이 글에서 책상은 단순한 가구가 아니라 노력과 성장의 무대로 자리한다.

딸은 그 책상을 좋아했고 열심히 공부했으며, 원하는 전공을 택해 졸업하고 인연을 만나 시집을 간다. 딸이 떠난 뒤에야 비로소 집은 사람이 들고 나는 순리의 장소임을 첫 번째로 실감한다. 빈 방의 공기는 단지 조용한 것이 아니라 한 사람의 시간과 습관이 빠져나간 뒤에 남는 잔잔한 울림이다.

그런데 이 글에서 그 빈자리를 메우는 방식이 인상적이다. 남편은 딸이 쓰던 방을 서재로 바꾸고, 딸의 문구가 가득한 서랍 한편에 자신이 쓸 붓과 종이를 채워 넣는다. 그렇게 한 책상 안에 딸의 학창 시절과 남편의 여가 생활이 함께 들어앉는다. 이렇게 된 책상의 대물림은 유산이라는 거창한 선언이 아니라, 서랍 속 문구처럼 소리 없이 이어지는 생활의 계승이다.

작품의 정서는 여기서 한 번 더 깊이를 더한다. 남편이 세상을 떠난 뒤, 화자는 허전한 우울감을 달래려 글을 쓰기 시작하고, 그 책상이 다시 화자를 불러들인다. 참으로 오랜만에 책상에 앉아 연필을 깎는 순간, 화자는 학창 시절로 돌아간 듯 마음이 설렌다. 이 설렘은 젊음으로의 회귀가 아니라, 삶이 다시 한번 '공부'라는 자세를 취하게 되는 순간의 울림이다. 그리고 그렇게 시작한 글쓰기는 화자에게 새로운 일의 시작인 동시에 남편과 딸이 남겨둔 노력의 결을 손끝으로 다시 더듬는 행위가 된다.

여기서 이 작품이 특별히 따뜻한 지점은 문방구를 찾는 장면처럼 사소한 생활의 조각을 통해 상실을 견디는 방식을 보여주는 데 있다. 새 필통을 사고 외손녀들과 문구점을 둘러보며 '가벼운 것이 좋겠다'고 고르는 마음. 이런 선택은 기능적 판단 같지만, 마음의 무게를 덜어내려는 작은 의지의 표명이다. 왜냐하면, 사람들은 슬픔을 한 번에 해결할 수 없을 때 가끔 필통 하나 같은 가벼운 물건을 손에 쥐고서야 마음의 중심을 다잡는 이유에서다.

그리고 또 이 작품이 지향하는 다른 축 하나는 '노력의 윤리'다. 딸이 수능 준비로 지쳐 있을 때, 남편도 자신의 시험을 준비하며 책을 놓지 않는다. 딸은 아버지가 노력하는 모습을 떠올리며 '땡땡이 칠 수 없었다'고 말한다. 여기엔 훈계가 따로 없다. 대신 같은 공간에서 각자의 과제로 버티는 모습이 조용히 오버랩 되고, 그 장면이 가족을 하나의 방향으로 밀어준다. 결과적으로 딸과 남편은 각자의 진로에서 좋은 성과를 얻어낸다. 이 과정은 '공부하라'는 다그침보다 강한 설득을 안긴다. 노력하는 사람의 뒷모습이 가장 오래 남는 교육이라는 사실이 책상이라는 자리를 통해 증명되는 것이다.

작품의 마지막은 소유의 문제가 아니라 감사의 윤리로 마무리된다. 딸은 여전히 그 책상에 미련이 있어 자기 집에 가져가고 싶어 하지만, 화자는 이제 그럴 수 없다고 잘라 말한다. 이유는 단순하다. 자신은 딸과 남편이 쓰다 놓고 간 책상과 문방사우에 감사하며 글을 써야 하기 때문이다. 그리하여 책상은 딸에게서 남편에게로, 다시 남편에게서 화자에게로 대물림되었고, 그 최종의 의미는 유산이 아니라 책임이 된다. 지난 주인들에게 부끄럽지 않도록 좋은 글을 쓰겠다는 다짐과 함께 상실을 승화시키는 가장 바람직한 현실을 맞이한 것이다.

결국 〈대물린 오동나무 책상〉은 한 가정의 애틋한 추억담을 넘어 사물이 품는 시간의 깊이를 내밀하게 보여준다. 오동나무의 결처럼 소박하고 조용하지만, 한 번 새겨진 흔적은 쉽게 지워지지 않는다는 사실과 함께 책상은 '무엇을 남겼는가'를 묻는 물건이 아니라, '어떻게 살아갈 것인가'를 조용히 재촉하는 자리가 되어 어느새 자기 삶의 책상 하나를 재차 떠올리게 만든다.

3) 이런 남자

〈이런 남자〉는 친구들의 남자를 통해 밝히는 이상적인 남자에 대한 선언문처럼 보이지만 실제로는 삶을 함께 겪어온 동반자에 대한 세밀한 기록에 가깝다. 제목에서 '이런'은 단정이 아니라 손가락질이다. '바로 이런 사람'이라고 가리키는 말투 속에는, 멀리서 우러러보는 숭배가 아니라 가까이서 겪어낸 생활의 결이 묻어난다. 그래서 이 수필은 로맨틱한 미사여구보다 일상 속에서 축적된 신뢰의 무게로 독자를 설득시키고 있다.

이 작품의 핵심은 '남자다움'의 과장이 아니라 '사람다움'의 구체성이다. 화자가 말하는 '이런 남자'는 화려한 성공담의 주인공이기보다 가족을 향해 꾸준히 기울어지는 사람이다. 큰소리 내지 않고 티 내지 않으며, 필요한 순간엔 몸이 먼저 움직이는 유형의 사람이다. 이때 '좋은 남자'의 기준은 외부의 평가가 아니라 한 집안에서 반복되는 장면들로 측정된다. 말하자면 이 수필은 인물의 성격을 정의하지 않고, 성격이 드러나는 순간들을 쌓아 올린다. 그 순간들의 집합이 곧 인물의 초상이다.

그리고 또 화자가 이 작품에서 보여주는 정서는 칭찬보다 감사에 가깝다. 칭찬은 상대를 위에 세우는 행위가 될 수 있지만, 감사는 함께 겪어낸 시간을 인정하는 방식이다. 화자는 남편의 장점들을 나열하면서도 그 장점이 만들어진 배경에 가정의 사정과 시대적 분위기, 생활의 고단함 등을 자연스럽게 이입시킨다. 그래서 독자는 한 인물의 미덕을 읽으면서 동시에 그 미덕이 필요했던 현실을 함께 보게 된다. 여기에서 작품의 인간적 깊이가 생기는데, 미덕은 공짜로 주어지지 않고 거의 다 책임을 견디는 과정에서 견고하게 다져지기 때문이다.

또 작품 〈이런 남자〉에서 흥미로운 점은 관찰자적 입장에서 '남자' 라는 명명 아래 사실상 부부라는 공동체의 윤리를 논하고 있다는 것이다. 상대가 어떤 사람인지 말하는 것 같지만 실은 화자가 어떤 사람으로 살아왔는지도 내비치고 있다. 따라서 이 작품은 배우자의 장점을 통해 화자의 삶의 태도까지 함께 드러내는 양면의 거울이 된다. 상대를 칭하는 문장들이 곧 화자의 품성으로 되돌아오는 구조가 되는 것이다.

문체적으로는 과장된 감정 폭발이 아니라 생활어의 담담함 속에서 따뜻함이 묻어나는 방식으로 힘을 가진다. '이런 남자' 라고 말할 때의 어조는 엄숙한 헌사라기보다 독자에게 조용히 손짓하는 말투다. '나에겐 이런 사람이 있었다' 는 고백은 누군가를 부러워하라는 요구가 아니라 함께 공유해 온 시간을 귀하게 여기라는 권유에 가깝다. 그리하여 읽는 이는 어느새 좋은 사람의 조건을 바깥에서 찾기보다, 자신이 이미 알고 있는 누군가의 얼굴을 떠올리게 된다. 좋은 사람은 먼 곳에 있는 이상형이 아니라 가까운 곳에서 반복되는 행동으로 증명된다는 사실을 이 작품은 은근히 주입하고 있다.

그리고 이 작품이 더욱 묵직해지는 느낌은, '이런 남자' 가 결국 현재진행형의 자랑이 아니라 회고의 빛으로 읽히기 때문이다. 우리가 느끼는 삶의 잔상에는 떠난 뒤에야 더 또렷해지는 것들이 있다.

사소한 말 한마디, 묵묵히 챙기던 습관, 아무렇지 않게 해내던 책임감이 그럴 텐데, 화자는 그 세밀한 것들을 한데 모아 '이런 남자'라고 부르며, 부재의 자리를 말로 다듬어 남겨둔다. 때문에 이 수필은 사랑의 기록이면서 동시에 애도의 글이 되어 잃어버린 사람을 눈물로만 붙들지 않고, 그 사람이 남긴 윤리를 문장으로 기록하고 있는 것이다.

'이런 남자'가 있어서 다행이었고, '이런 사람'을 알아볼 수 있는 삶을 살아왔다는 사실이 또한 다행이었다고….

3. 삶을 재건하고 윤색하는 미의식, 그 독특한 색깔

1) 코로나바이러스 19

〈코로나바이러스 19〉는 감염병을 '사건'으로만 기록하지 않고, 그 사건이 한 사람의 일상과 신념, 그리고 공동체의 윤리를 어떻게 흔들고 다시 세우는지를 담담하게 보여주는 수필이다.

글은 "코로나바이러스가 온 세상을 휘몰아치고 전 세계를 돌아다닌다"는 체감에서 출발한다. 텔레비전을 켜면 규칙을 지키라는 말이 반복되고, 어느새 우리의 하루가 방송의 지침대로 재편되는 풍경이 보인다. 이 작품은 그 답답함을 과장된 공포로 밀어붙이지 않고, 규칙 속에 살게 된 인간의 생활감을 먼저 붙잡는다. 그래서 읽는 이는 '그때 우리'의 공기를 바로 떠올리게 된다.

작가의 시선이 특히 선명해지는 지점은 '두려움'의 반대편에 '감사'를 세워두는 태도다. 국민이 비교적 규칙을 잘 지킨다는 자부심과 해외에 있는 가족의 전화 한 통이 만들어주는 뭉클한 거리감, 그리고 무엇보다 의료진과 봉사자들의 헌신을 떠올리며 '눈물겹도록 감사하다'고 쓴다. 이 부분에서 이 글의 중심 정서가 공포가 아니라 감사의 마음이 연대의 감정임을 확정한다. 전염병이 가져온 불안은 분명하지만 작가는 그 불안을 증폭시키기보다 우리가 지키고 있는 것들을 조용히 세어본다. 이 '세어봄' 자체가 마음을 진정시키는 문장의 호흡이다.

또 하나의 축은 신앙이다. 작가는 스스로를 불자라고 밝히며, 약사여래에게 아침저녁으로 기도하고 걸을 때도 염하며 마스크를 쓰는 장면을 제시한다. 여기서 기도는 현실을 회피하는 장치가 아니라 현실을 견디기 위한 내면의 규칙으로 기능한다. 바로 마스크 착용과 염불이 나란히 놓이면서 이 작품은 팬데믹을 통제되는 생활로만 그리지 않고 마음까지 관리해야 하는 시간으로 확장한다. 즉, 방역이 사회의 기술이라면, 신앙은 개인의 심리적 방역이 된다.

흥미로운 점은 이 글이 윤리와 실용을 함께 엮는 방식이다. 작가는 코로나를 인간이 자초한 재앙이라는 성찰을 건드리면서도 동시에 소금물 가글 같은 구체적인 생활요령을 덧붙인다. '세상이 불안할수록 내가 할 수 있는 일을 하겠다'는 태도가 신앙과 생활 팁을 한 줄에 묶어버린다. 그 결과 이 수필은 관념적 교훈으로 떠오르지 않고, 부엌과 거실에서 실제로 실행되는 마음가짐으로 내려앉는다.

또한 작가는 코로나바이러스의 비차별성을 강조한다. 인간 누구도, 바로 "세계를 뒤흔드는 미국 대통령 트럼프도 일본 수상 아베도 재벌가도 학자도 남녀노소도 없이 평등하게 차별하지 않는다"는 언급은 팬데믹의 잔혹함을 말하는 동시에 인간이 가진 허세와 위계를 잠시 무력화하는 냉정한 진실을 드러낸다. 이 부분에서 작품은 개인 수필의 범위를 넘어 시대의 단면을 스케치하는 기록문으로 확장된다. 모두가 같은 불안 앞에 서 있을 때 남는 해법은 결국 "우리 정부가 지시하는 대로 규칙을 지키면서 극복할 수밖에 없다"는 것이다.

마지막 결은 소망과 기도다. 백신이 나와 다시 평화롭게 오갈 날을 바라며, 오늘도 소멸을 기원한다는 문장은 거창한 희망 선언이 아니라 하루치 희망을 겨우 유지하는 방식으로 읽힌다. 팬데믹의 시간은 거대한 한 방의 희망이 아니라, 작고 반복되는 희망으로 버티는 시간이라는 것을 이 글은 잘 알고 있다.

결국 〈코로나바이러스 19〉는 '불안의 기록' 이면서 동시에 '질서의 기록' 이다. 외적 질서인 공동체로서의 규칙과 내적 질서인 염불과 마음관리가 서로 기대어 무너지지 않게 하는 이야기다. 그래서 이 작품을 읽고 나면 팬데믹은 단지 지나간 사건이 아닌 우리가 한때 어떤 자세로 살아남았는지를 보여주는 생활의 증언이 되는 것이다.

2) 내 삶의 색깔

〈내 삶의 색깔〉은 이 수필집 표제작이다. 동시에 이 책이 끝내 도달하려는 마음의 좌표이기도 하다. 이 글에서 '색깔' 은 단순한 취향의 문제가 아니다. 예쁘고 밝은 색을 고르는 선택지가 아니라 살면서 어쩔 수 없이 묻고 스민 흔적들로 시간이 남긴 빛과 그늘의 혼합을 가리킨다. 그래서 이 작품은 '나는 어떤 사람인가' 라는 정답 찾기보다 '나는 무엇을 지나왔고, 그 지나옴이 내게 어떤 색을 남겼는가' 를 조용히 점검하는 글로 읽힌다.

이 수필의 인상적인 지점은 색을 한 번에 정의하지 않는 태도다. '내 삶의 색깔' 은 단일한 톤이 아니라 계절처럼 변하고 겹치고 바뀌는 층을 가진다. 어떤 날은 맑고, 어떤 날은 탁하며, 어떤 날은 옅어지고, 어떤 날은 진해진다. 이 변화는 변덕이 아니라 생의 현실이다.

특히 작가의 수필 세계에서 반복되는 상실과 그리움, 그리고 다시 일상을 꾸리는 돌봄의 장면들을 떠올리면, 색은 결국 '기쁨과 슬픔이 섞여도 삶이 계속된다는 증거' 가 된다. 한 사람이 끝까지 들고 가는 색은 늘 밝은 색이 아니라, 밝음이 다시 돌아올 수 있게 만드는 바탕색일지도 모른다.

게다가 개인의 색을 이야기하면서도 그 색이 혼자 만들어지지 않았음을 보여준다. 가족, 배우자, 아이들, 그리고 함께 살아낸 시간들이 물감처럼 섞인다. 어떤 사람은 내게 따뜻한 색을 남기고, 어떤 사건은 어두운 잉크처럼 번진다. 그런데 중요한 것은 그 번짐을 숨

기지 않고 '이 또한 내 삶' 으로 받아들이는 시선이다.

그리하여 이 작품의 정조는 비극을 미화하지도, 고통을 과장하지도 않는다. 대신 삶의 색을 구성하는 재료들을 하나씩 꺼내 놓고 그것들이 내 안에서 어떤 색으로 굳어졌는지를 살핀다. 그러면서도 작가는 자기 연민으로 빠지지 않는다. 그 자리를 대신하는 것은 감사와 다짐, 그리고 아주 현실적인 지속의 의지다.

여기서 색깔은 곧 태도로 바뀐다. 같은 삶을 살아도 어떤 사람은 모든 날을 회색으로 기억하고, 어떤 사람은 회색 속에서도 한 줄기 연두색을 발견한다. 작가는 후자의 관점을 선택한다기보다 후자의 관점을 '연습해 온 사람' 처럼 보인다. 상실 이후 글을 쓰고, 배우고, 매일의 루틴을 다시 세우며 마음을 가꾸어 온 시간들…. 그런 반복이 만들어내는 색이 있다. 그것은 화려함이 아니라 쉽게 지워지지 않는 안정감이다.

그래서 〈내 삶의 색깔〉은 자서전적 고백이면서 동시에 독자에게 건네는 조용한 질문이 된다. '당신은 어떤 색으로 살아왔는가' 가 아닌 '당신은 지금 어떤 색으로 살아가고 싶은가' 를 묻는 것이다. 문체 또한 이 작품의 메시지와 닮아있다. 거침없이 강한 원색으로 치고 나가기보다 담담한 문장으로 색을 겹겹이 칠한다. 큰 사건은 짧게 지나가고 작은 감정의 변화는 오래 머문다. 바로 그 방식이 이 글을 설득력 있게 만든다. 삶의 색은 한 번의 이벤트로 정해지지 않고 작은 일상들이 계속 덧칠되며 만들어지는 것이기 때문이다.

그러므로 이 작품은 결론을 선포하기보다 색이 만들어지는 과정을 보여준다. 독자는 '이 사람이 어떤 색인가'를 억지로 듣는 대신, 읽는 동안 자연스럽게 '이런 색이었겠구나' 하고 느끼게 된다. 결국 〈내 삶의 색깔〉이 독자에게 남기는 가장 큰 울림은 이것이다. 삶은 우리가 원하는 색으로만 칠해지지 않는다. 비가 오고, 먼지가 앉고, 때로는 검은 먹물이 스치기도 하지만, 그 모든 것을 통과한 뒤에도 삶은 여전히 한 장의 캔버스로 남아 있고, 오늘도 우리는 거기에 한 번 더 붓을 댈 수 있는 것이다.

이 작품은 그 가능성을 거창한 희망으로 포장하지 않고 아주 일상적인 어조로 말한다. "인생은 덧칠된 색들의 조화이며 그 색들은 사랑하는 사람들과 함께 살아 낸 시간의 흔적이라고…." 그 마음이야말로 이 수필집 전체를 묶는 제목의 진짜 의미가 아니겠는가.

3) 꽃밭

성옥분의 수필 〈꽃밭〉은 제목만 보면 한 폭의 정원 그림처럼 보이지만, 실제로는 '꽃' 보다 삶을 다시 일으키는 마음의 토양을 더 오래 응시하는 글로 보인다.

이 작품은 "사람은 누구나 마음속에 저마다의 밭을 하나쯤 품고 살아간다"는 문장으로 문을 연다. 이때 밭은 낭만의 배경이 아니라 기억과 상처와 그리움이 뒤섞여 자라는 내면의 장소다. 작가는 그 추상적인 마음속의 밭을 옥상 한켠의 작은 꽃밭이라는 구체화로 내려앉힌다. 때문에 이 수필은 감상적인 위로가 아닌, 손끝에 흙을 묻히는 방식으로 독자를 주목시킨다.

이 작품의 중심에는 가꾸는 행위가 자리한다. 겨울 동안 과일 껍질과 음식 찌꺼기를 모아 발효시킨 퇴비를 흙과 섞고, 돌을 골라내고, 흙을 고르는 장면은 정원에서 하는 일처럼 보이지만 사실은 삶을 정리하는 의식에 가깝다. 무너진 마음을 다시 쓰려면, 먼저 굳은 흙을 풀어야 하고, 쓸모없는 돌멩이를 걸어내야 한다. 꽃은 갑자기 피지 않는다. 봄의 밝음보다 앞서 겨울을 통과한 퇴비의 시간과 손의 노동이 온다. 작가의 문장은 그 순서를 건너뛰지 않는다. 그래서 이 작품의 정조는 가볍게 뜨지 않고 조용하며 단단하다.

옥상이라는 공간 선택도 중요하다. 보통 꽃밭은 마당에 있지만 작가의 꽃밭은 하늘 가까운 곳에 있다. 이건 단순한 환경 설명이 아니라 삶의 방향을 암시한다. 땅에 눌려 있던 마음이 위쪽으로, 햇볕이 더 가까운 자리로 옮겨가는 것이다. 상실 이후의 시간은 종종 아래로 가라앉는데, 작가는 꽃밭을 옥상에 두며 스스로를 다시 끌어올리는 구조를 만든다. 그리고 매일 아침저녁으로 옥상에 올라가 꽃을 본다고 말한다. 이 반복은 취미가 아니라 하루를 버티게 하는 생활의 리듬이자 자기 돌봄이다.

꽃들의 묘사는 이 글의 숨은 음악이다. 붓꽃과 할미꽃, 분꽃과 봉선화, 채송화와 이름 모를 들꽃들까지 다양한 꽃들이 '오밀조밀' 고개를 내민다. 작가는 그 색과 움직임을 과장하지 않고, 한 송이 한 송이가 가진 습성을 살려 적는다. 예컨대 채송화가 햇빛이 눈부시면 꽃잎을 오므리고 저녁을 기다리는 모습은 귀엽다는 감탄을 넘어 삶의 메타포로 확장된다. 사람도 그렇다. 어떤 날은 펴고, 어떤 날은 접는다. 그 접힘은 어떤 포기가 아니라 다시 피기 위한 자기 보호가 된다.

이 작품이 더 깊어지는 대목은 꽃밭의 변화가 곧 인생의 변화라는 자각으로 이어질 때다. "꽃밭은 날마다 같은 모습은 아니다"라는 문장은 이 수필의 핵심 메시지다. 비에 젖고, 바람에 흔들리고, 햇볕에 웃는 꽃밭처럼 삶도 그러하다는 깨달음은, 단순한 교훈이 아니라 관찰의 결과로 제시된다. 즉, 작가는 인생을 설명하려고 꽃을 가져오는 것이 아니라 꽃을 오래 바라보다가 인생이 스스로 떠오르게 한다. 이 방식이 이 글을 자연스럽게 만든다.

또 하나의 중요한 층위는 상실 이후의 재출발이다. 작가는 남편과 사별한 뒤 허전한 시간을 채우기 위해 글을 쓰기 시작했고, 시를 배우기 시작했다고 말한다. 처음엔 낯설고 어려웠지만 시가 마음을 비추는 거울이 되었고, 결국 시집 출판으로까지 이어진다. 여기서 꽃밭은 단지 위로의 배경이 아니라, 창작의 근거지가 된 것이다. 흙에서 싹이 올라오듯, 내 안에도 다시 갈아엎고 심고 가꾸면 꽃을 피울 수 있는 밭이 있다는 자각은, '나는 아직 끝나지 않았다' 는 조용한 외침이다.

결국 '꽃밭' 이 말하는 봄은 단지 계절이 아니다. 작가는 봄을 '다시 시작하는 삶의 터전' 이라고 부른다. 그리하여 이 작품이 남기는 울림은 향기보다 지속력이 크다. 꽃은 피고 지지만 밭을 가꾸는 손은 내일도 움직일 것이고 그 손의 리듬이 삶의 리듬을 다시 만들어 낼 것이다.

4. 나오면서

문학 장르에서 비교적 오랫동안 그 나름대로의 영역을 지배해 온 수필은 지은이가 자신의 사상이나 일상에서 느꼈던 감흥을 '생각 나는 대로 붓 가는 대로' 쓰는 산문이라 말한다. 때문에 다소 편하 게 생각할 수도 있겠지만 수필을 쓸 때는 비단을 짜듯이 가슴이 따 뜻하고 향기가 넘치는 정서가 인입되어야 하고 반짝이는 지성이 담 겨 있어야 한다.

수필 작법에 있어서도 감성은 인격적 차원으로 하여 문장은 그것 을 구조적인 이미지로 떠올려 언어적인 소재로 형식화하는 것이며 예술이란 차원으로 승화시키는 작업이다. 문학은 언어 예술이며 수 필은 그 문학에 딸린 한 장르이기에 그 문학성은 마땅히 언어의 미 적 차원에서 오는 정서적 감동에서 찾아야 한다.

이러한 측면에서 이목을 집중시킨 성옥분 작가의 수필집 《내 삶 의 색깔》은 생활양식부터가 확 바뀌는 미지의 세계에 대한 삶의 숙 제를 더하며 새로운 인생담에 화두를 던진다.

성옥분 수필가의 건필을 빌며 시인뿐만 아니라 수필가로서도 역 량을 충분히 발휘하시길 기대해 본다.

내 삶의 색깔

지은이 / 성옥분
발행인 / 김영란
발행처 / 한누리미디어
디자인 / 지선숙

08303, 서울시 구로구 구로중앙로18길 40, 2층(구로동)
전화 / (02)379-4514, 379-4519
Fax / (02)379-4516
E-mail/hannury2003@daum.net

신고번호 / 제 25100-2016-000025호
신고연월일 / 2016. 4. 11
등록일 / 1993. 11. 4

초판발행일 / 2026년 2월 10일

© 2026 성옥분 Printed in KOREA

값 **15,000원**

※잘못된 책은 바꿔드립니다.
※저자와의 협약으로 인지는 생략합니다.

ISBN 978-89-7969-917-3 03810